행복

나태주

저녁 때
돌아갈 집이 있다는 것

힘들 때
마음속으로 생각할 사람이 있다는 것

외로울 때
혼자서 부를 노래 있다는 것.

행복 활짝

몽우 조셉킴

일년 열두달 매일 행복 활짝

죽기 전에
시 한 편 쓰고 싶다

죽기 전에 시 한 편 쓰고 싶다

나태주 지음

리오북스

책머리에

가슴이 설레어 눈물 글썽이기도 하는 당신

인생이 갑자기 한가해져서 흐린 겨울 하늘이 더욱 넓어 보이고 흑백의 천지가 더욱 좋아 보입니다. 오히려 하얀색이 편안해 보이고 검정색이 따뜻해 보이는 이유는 무엇일까요? 올해도 1월에 책 한 권을 기어코 쓰고 말았으니 나머지 열한 달은 그야말로 휴가라 해도 좋겠습니다.

이제부터는 문학 강연도 마음 놓고 하고, 연필 그림도 실컷 그리고, 좋은 사람도 아무 때나 불러내 만나고 그래야겠습니다.

시 얘기를 썼지요. 그 실은 인생의 이야기입니다.
나의 이야기를 썼지만 그 또한 당신의 이야기입니다.
오늘의 이야기지만 어제의 이야기이고 내일의 이야기입니다.

오늘날 사람들은 누구나 살기가 힘들다고 그럽니다. 내 보기엔 잘 만 살고 있는데 잘 살지 못하다고들 한숨입니다. 바라는 바가 너무 많은 까닭이고, 앞으로 나가는 속도가 너무 빠른 까닭이 아닐까요. 얼마나 우리가 높아지면 높아졌다 하고 그 마음이 편안해질 것이며, 얼마나 빠르게 가면 그 마음이 또 족할까요.

단연코 속도를 줄이고 부풀어 오르기만 하던 마음의 치수를 조금씩 줄여야 할 일입니다. 남들만 바라보던 눈길로 자기를 바라보아야 하고 마음을 좀 들여다볼 줄 알아야 합니다. 배가 고픈 것이 아니고 마음이 고픈 탓이겠습니다. 다리가 아픈 것이 아니고 마음이 아픈 것이겠습니다.

어찌하면 좋을까요? 이 대목에서 시 얘기를 해보고 싶었습니다. 시가 무슨 방책이 되고 무슨 대수냐고요? 그렇지요. 시는 조그만 글이고, 하찮은 글이고, 때로는 버려진 글일 수도 있습니다. 그러나 더러는 시를 읽고 마음이 놓이고 편안해진다고 말하는 사람들이 있습니다. 시가 노래보다 그림보다 좋다고 느끼는 사람들도 있습니다.

바로 은영 씨 같은 사람들입니다. 그런 사람들을 위해 하찮고 버려진 시의 얘기를 하고 싶었습니다. 은영 씨. 둥글고도 편안한 이름을 가진 당신. 눈빛 또한 한없이 부드럽고 깊고 따뜻하여 차라리 겁먹은 것 같은 당신. 바다를 만나거나 한낮의 산, 저녁의 강물 앞에서 가슴이 설레어 눈물 글썽이기도 하는 당신. 그렇지만 세상 사는 일엔 야무지고 똑똑하고, 바르지 못한 일엔 조용히 분개할 줄도 아는 당신. 당신 같은 사람들을 위해 이 글을 드리고 싶습니다.

은영 씨. 지금은 아니고요, 봄이 와 햇빛이 더 밝아지고 낮이 조금만 더 길어지거든 우리 만나요. 그날엔 분명 내 손에 이 책이 들려져 있을 거예요. 나는 또 흐린 눈으로 은영 씨의 이름을 그 책의 첫 장에 써넣으며 웃는 얼굴이 될 것입니다.

공주시 금학동에서, 나태주

차례

2부

시에 대해서

3부

아내와 시 쓰기

4부

나의 시 이렇게 썼다

어디서 시를 찾아야 할까요? 우리 일상생활과 자연 속에서 시를 찾아야 합니다.

정작 숨 쉬는 시, 펄펄 뛰는 시는 일상생활과 자연 속에 숨어 있기 마련입니다.

정말로 좋은 시인이라면 그것부터 새롭게 시작해야 하고,

좋은 독자라면 그런 시인을 눈여겨 알아보아야 합니다.

시는 보다 많이 자연, 인간, 세상 속에 흩어져 있습니다. 그것을 찾아야 합니다.

시 쓰기는 또 다른 보물찾기입니다.

신은 세상 속에 아주 많은 시들을 보물로 숨겨두셨습니다. 그걸 찾으면 됩니다.

나아가 시 쓰기는 발견이기도 합니다.

삶의 발견, 인생의 발견, 세상의 발견이 바로 시 쓰기입니다.

1부 •

시 속엔 시가 없다

내 마음을 받아 주세요, 몽우 조셉킴, 155×185mm, 캔버스 유채, 2004

나마스떼

은영 씨. 요즘은 어떻게 지내는지요?

우리 만난 지 제법 오래인 것 같아요. 언니의 병을 돌보기 위해 어느 날 훌쩍 우리 곁을 떠난 은영 씨. 언니의 병세는 요즘 어떤지요? 언젠가 전화로 언니가 호스피스병동에 있다고 그랬지요.

그 전화 받고, 나는 황혼이 물든 유리창 너머로 힘겹게 걸어가는 두 마리의 낙타를 상상했답니다. 물론 은영 씨 낙타와 은영 씨 언니의 낙타입니다. 비틀거리는 한 사람을 부축하며 힘들게 가고 있는 황혼 길의 또 한 사람. 아니, 두 마리의 낙타. 나도 그만 혼곤한 마음이 되고 말았지요.

그래도 은영 씨랑 시를 이야기하고 공부하던 시절이 좋았다 싶어요. 월요일 밤 늦은 시간까지 멀리 논산에서부터 와서 내 얘기를 듣고 제일 나중에 길을 뜨던 은영 씨. 은영 씨 배웅을 받으며 자전거를 타고 집으로 돌아올 때면 공주의 밤공기에서도 향기가 나는 듯싶었거든요.

지금도 나지막한 은영 씨의 말소리가 귀에 들리는 듯해요. 둥그스름한 눈빛과 한없이 부드러운 웃음이 떠올라요. 나의 〈풀꽃〉 시를 무척 좋아하는 은영 씨. 은영 씨는 나에게 〈풀꽃〉 시를 수화로 가르쳐줬지요. 그래서 나는 학생들이나 시를 좋아하는 사람들을 만나면 수화로 〈풀꽃〉을 들려주었지요. 아니, 보여주었지요.

그러면 사람들이 무척 좋아하곤 했어요. 그래요. 입으로 소리 내어 시를 읽을 때보다 손동작으로 보여주었을 때 더욱 좋아한다는 것! 이것은 사람들이 눈에 보이지 않는 것보다는 눈에 보이는 확실한 그 무엇을 더욱 좋아한다는 얘기예요. 은영 씨. 은영 씨가 좋아하는 시에 대해서도 보다 분명하게 확실하게 눈에 보이듯 알려줄 수는 없을까? 이것이 오늘 나의 생각이고 고민이에요.

그래서 나는 이 책에서 은영 씨에게 보내는 여러 장의 편지를 쓰려고 그래요. 이 편지글들을 통해 시에 대해서 보다 쉽게, 보다 확실하게 이야기하고 싶어요. 그러나 그것이 제대로 될지 안 될지는 나도 모르겠어요. 그저 내가 평소에 하던 대로 최선을 다해볼 뿐이에요. 언니의 병간호를 하면서 틈틈이 나의 글을 읽어주면 어떨까? 그것이 고달픈 은영 씨의 하루하루 일과에도 도움이 된다면 얼마나 좋을까?

은영 씨도 알다시피 인도나 티베트 사람들의 인사말에 "나마스떼

(Namaste)"란 것이 있어요. 여러 가지 의미 가운데 내 마음에 척 들어오는 것은 "내 안의 신이 그대 안의 신에게 인사합니다"와 "당신 안의 신에게 절합니다", 그리고 "우리는 모두 하나입니다"예요. 이 말들을 받아 나는 이렇게 고쳐서 말하고 싶어요. "내 안의 시(詩)가 그대 안의 시에게 인사합니다" "당신 안의 시에게 절합니다", 그리고 "우리의 시는 모두 하나입니다"

은영 씨. 나마스떼! 은영 씨가 나의 글을 끝까지 지루함 없이 읽어줬음 좋겠어요. 내가 또 그런 글을 쓸 수 있도록 나의 신에게 기도하고 싶어요. 새로 맞은 올 한 해도 은영 씨에게나 나에게 참으로 좋은 한 해, 보람 있는 한 해가 되기를 빌어요. 그것이 우리가 지구에서 만난 가장 큰 기쁨이고 감사일 거예요.

버킷리스트로서의 시 쓰기

내가 죽음에 대해서 처음 생각하게 된 것은 의외로 빠른 시기로 초등학교 5학년의 일입니다. 그 시절 나는 외갓집에서 외할머니와 둘이서 외롭게 사는 아이였습니다. 외갓집은 마을에서도 제일 높은 곳에 자리한 초가삼간으로 동네 사람들은 그 집을 '꼬작집'이라 불렀습니다.

겨울밤. 외할머니네 꼬작집 안방 아랫목에 누워서 잠을 잘 때 '나도 언젠가는 죽는 사람이 되겠구나' 생각해보았던 것입니다. 왜 그랬는지는 모르지만 꽤나 나는 그때 조숙한 아이였던가 봅니다. 몸과 마음이 어디 까마득한 낭떠러지 같은 곳으로 끝없이 내려가는 듯한 느낌이 들었습니다.

그렇습니다. 사람은 누구나 죽게 되어 있습니다. 그것이 살아있는 사람의 길입니다. 때가 되면 죽어야 하는 생명이기에 또 생명은 생명다운 것이 됩니다. 죽음이란 영원한 소멸. 영원한 망각. 절망이며 어둠이며 이별. 언제든 죽음을 생각하면 숙연해지지 않을 수 없는 것이 우리들 인간입니다.

그렇다면 우리는 죽음 앞에서 어찌해야만 좋을까요? 간디 선생은 말했습니다.

'내일 죽을 사람처럼 살고 영원히 사는 사람처럼 배우라'

정말로 그렇습니다. 죽음 앞에 우리는 열심히 사는 수밖엔 다른 도리가 없음을 압니다. 어쩔 수 없이 정직해야만 되고 성실해야만 함을 절감합니다.

죽음이 우리를 찾아오는가? 아니면 우리가 죽음을 찾아가는가? 주변 사람들에게 질문을 해보면 선뜻 대답을 내놓지 못합니다. 나의 잠정 결론이긴 하지만 죽음이 나를 찾아오는 것이 아니고 내가 죽음을 찾아가는 것이라고 생각합니다. 결국은 죽음조차도 내가 지어낸 결과물이라는 것이지요.

이렇게 엄숙한 죽음 앞에서 생각해보곤 합니다. 이다음에 세상을 떠났을 때 내가 남긴 것 가운데 정말로 나의 것으로는 무엇이 있을까? 집문서, 저금통장, 현금, 나의 모든 소유물이며 재산. 그 모든 것들은 이미 내 것이 아닌 누군가 다른 사람의 것으로 바뀌고 말 것입니다.

그렇다면 정말로 나의 것은 무엇이 있을까요? 누구도 빼앗아갈 수 없고 다른 사람들이 자기 것이라고 주장할 수 없는 것 말입니다. 놀랍게도 그 항목에 우선적으로 들어가는 것은 글이요 책입니다.

한 번 써서 자기 이름과 함께 세상에 함께 남긴 글은 그 누구도 가져갈 수 없는 오직 나만의 것이 됩니다. 그것은 유일본이요 영원히 사는 목숨으로서의 생명체가 됩니다. 이 얼마나 놀라운 일입니까?

은영 씨. 그러기에 글이 위대한 것이고 오래 사는 목숨이 되는 것입니다. 은영 씨도 알다시피 버킷리스트란 죽기 전에 우리가 해보고 싶은 일을 적은 목록을 말합니다.

나 또한 9년 전 병원에서 퇴원하면서 기어코 해보고 싶은 일들이 있었는데 그것은 몇 권의 책들을 주제별로 쓰는 일이었습니다. 사랑, 질병, 고향, 풀꽃, 시가 바로 다섯 가지 주제였는데 고맙게도 나는 그 다섯 가지 주제로 책을 한 권 이상씩 썼지요.

은영 씨. 은영 씨도 나와 함께 이 책을 읽으면서 세상에서 남길 유일한 목숨으로서의 글을 써보면 어떨까요. 짧고 아담한 형식의 시작품 말입니다. 은영 씨만의 삶과 추억과 소망과 사랑을 담은 시입니다. 이담에 은영 씨가 세상을 떠난다 해도 그 누구도 빼앗아가거나 부정하지 못할 작품입니다.

망설이거나 부끄러워할 일이 아닙니다. 결코 내일로 미루면서 주저할 일도 아닙니다. 당장 시작해야 할 일입니다. 그것이 가장 값지고 귀하고 아름다운 은영 씨만의 삶의 흔적이고 은영 씨가 세상을 떠나도 영원히 살 은영 씨의 생명체입니다.

은영 씨가 앞으로 쓰게 될 은영 씨의 시에 가식 없는 축하와 응원을 미리 보냅니다.

마음의 반창고

은영 씨도 알다시피 공주에는 나의 〈풀꽃〉 시를 기념하여 만든 '공주풀꽃문학관'이 있어요. 2년 전인 2014년에 개관한 애송이문학관인데, 전국에서 제법 많은 사람들이 찾아와요. 주중에도 오지만 주말에 더 많은 사람들이 찾아와 내가 공주를 비우지 못하고 그들을 맞아야 해요. 그래서 아예 주말에는 외부강의나 일정을 잡지 못해요.

나 한 사람 만나보겠다고 멀리서부터 힘들게 찾아오는 사람들을 내가 만나주지 않으면 안 되는 일이잖아요. 내가 뭐 대단한 사람인가요? 그저 조그만 한 사람 시골 시인이고 초라한 늙은이일 뿐이지요. 이미 칠순을 훨씬 넘긴 사람이니 제정신으로 살아갈 날도 많지 않고,

지구 위에 머물 시간도 많지 않아요.

찾아오는 사람들을 만나보면 모두 사는 일이 지치고 힘들다고 그래요. 사는 일이 힘들어서 좀 쉬고 싶어서 찾아왔다고 그래요. 정이나 살기 힘들다면 주말에 집에서 편하게 휴식하면 될 일이지 왜 여기까지 시간 내서 비싼 교통비 들여서 왔느냐 그러면 그것이 아니라고 또 그래요. 몸이 고달파서 온 것이 아니라 마음이 고달파서 왔노라 그래요. 공주에 와서, 풀꽃문학관을 둘러보면서 자기들 마음을 좀 내려놓고 싶어서 왔다고 그래요.

마음을 내려놓는다? 그러니까 힐링이 필요해서 왔다는 것이지요. 그래요. 예전엔 어디를 가더라도 볼거리, 먹을거리, 놀거리를 찾아서 다녔지요. 그러나 지금은 거기에 하나를 더 보태야만 해요. 쉴거리가 바로 그것이지요. 몸이 쉬는 것이 아니라 마음이 쉬는 것이지요.

이것은 참으로 중요한 문제예요. 이제 우리는 물질적 조건으로만 만족하고 행복을 느끼는 사람들이 아니에요. 절대로 옷이나 음식, 집이나 자동차가 행복을 보장하지 못한다는 것을 우리는 알게 되었어요. 그러니 외롭고 고달픈 것이에요. 이것도 실은 하나의 자각이고 눈뜸이에요. 마음의 개안(開眼). 그만큼 우리가 똑똑한 사람들이 된 것이지요.

사람들은 입을 모아 위로해 달라 그러고, 축복이 필요하다 그러고, 파이팅을 요구합니다. 그렇다면 무엇이 우리에게 위로와 축복과 파이팅이 될까요? 시가 바로 그 몫을 해달라는 것이 풀꽃문학관을 찾는 사람들의 생각입니다. 참, 이건 또다시 놀라운 일이고 감사한 일입니다. 그러니 내가 어찌 그들을 외면할 수 있겠습니까!

우리 몸에 가벼운 상처가 났을 때는 반창고를 발라 치료를 돕지요. 그러나 마음에 난 상처에는 무엇을 발라야 좋을까요? 마음의 상처에 바르는 반창고라? 아무래도 시밖에는 없는 듯싶어요. 문학관을 찾아오는 많은 사람들은 말합니다. 시를 읽으면 마음이 편안해지고 위로를 받게 된다고.

정말로 오늘날 우리 시인들의 시가 그런 소임을 맡았으면 좋겠어요. 삶에 지친 사람들에게 용기를 주고, 기쁨을 주고, 사랑하는 마음을 회복해주고, 드디어 행복감에 이르게 하는 역할을 해줬으면 좋겠어요. 시골 시인이며 작은 시인이며 늙은 시인이지만, 내가 쓰는 시 한 편에 정말로 그런 반창고가 들어 있다면 얼마나 좋을까 생각해봅니다.

포기할 수 없는 인생

최근에 와서 들은 말 가운데 가장 마음 아픈 말은 '3포 여성'이란 말이에요. 세 가지를 포기한 여성이라 해서 3포 여성인데 왜 이런 말까지 생겨났는지 모르겠어요. 연애, 결혼, 출산 등 세 가지를 포기한 여성이라서 3포 여성이란 것이지요.

거기에 더하여 '5포 세대'니 '7포 세대'라는 말까지 있어요. 이건 더욱 걱정스럽고 개탄스럽기까지 한 일이지요. 세 가지 포기한 것에다가 '주택구입 포기'와 '인간관계 포기'가 더해지면 5포가 되고, '꿈 포기'와 '취직 포기'까지 더해지면 7포가 된다고 합니다. 말하자면 인생 자체를 포기하자는 것이지요.

정말로 이건 아니다 싶은 생각이에요. 왜 포기해야 하나요? 우리 인생이 얼마나 눈물겹도록 아름답고 소중한데 그걸 왜 포기해야만 하나요? 오늘날 젊은이들의 현실을 제대로 몰라서 그런다 말할지 몰라요. 그러나 아무리 젊은이들의 삶이 힘들고 그들의 여건이 각박하다 그래도 여전히 포기해서는 안 된다고 생각합니다.

예전 언젠가 서울의 어느 고등학교 급훈에 '포기는 배추를 세는 단위일 뿐이다'라는 것이 있다고 들은 적이 있습니다. 그래요. 포기는 없는 것이지요. 인생의 어느 대목에서도 포기란 것은 있어서는 안 되는 것이지요.

은영 씨. 인생을 양초에 비긴다면 나는 대부분의 양초를 이미 소비하고 이제 바닥만 남긴 도막쟁이 양초이지요. 그래도 나는 이 도막쟁이 양초를 부지런히 최선을 다해서 빠지직빠지직 소리가 날 때까지 최후까지 써먹을 생각입니다. 인생이란 것은 그렇게 마지막 순간까지 소중하고 아름다우니까요.

정의, 자유, 평등, 사랑, 공평, 이런 가치도 충분히 중요하지만, 이보다 더 중요한 가치는 생명의 가치입니다. 생명이 없으면 아무리 귀하고 아름다운 가치라 해도 존재하기 어렵기 때문입니다. 그러기에 오늘날 우리의 시도 생명을 생명답게 가꾸고 생명을 살리는 시가 되어야 합니다. 이것이 대전제입니다.

그런데 오늘날 우리의 시는 어떤가요? 과연 생명을 생명답게 가꾸게 하고 돕는 그런 시인가요? 한 번쯤 시인들은 자기가 쓰는 시에 대해서 반성해볼 필요가 있습니다. 말이나 기교만 더부룩이 살아있고 마음을 담지 않은 시. 시는 없고 시인만 덩그렇게 두드러진 시. 그런 시들을 써놓고 시인들은 시치미를 뚝 떼고 있는 겁니다.

흔히 시인들은 시의 시대가 끝났다고 말합니다. 그런데 정작 독자들은 시가 필요하다고 말하면서 읽을 만한 시가 없다며 애달파합니다. 거기에 시인과 독자의 높은 벽이 있는 겁니다. 그 벽을 허물어야 합니다. 그것이 시인과 독자가 사는 길이고 시가 사는 길이며, 생명을 생명답게 만드는 방책입니다.

사람들 사이에 섬이 있다
그 섬에 가고 싶다.

— 〈섬〉, 정현종

은영 씨. 포기할 수 없는 우리 인생, 생명을 생명답게 가꾸는 시, 그 합일점에 우리의 아름다운 섬이 자리해 있음을 오늘 새삼스러이 잊지 맙시다. 거기서 우리가 만나 손을 잡는다면 얼마나 좋을까요.

인간이란 존재

과거 우리는 물질적 조건만으로도 충분히 행복한 사람들이었습니다. 오로지 리치(rich, 물질적 부유)만이 삶의 목표였지요. 1950년대 6·25전쟁의 폐허 위에서 우리는 어떻게든 물질을 건설해야만 했고, 그 길만이 행복할 수 있을 것이라 믿었고 또 그 길을 따라 줄기차게 달려왔습니다.

그런데 정작 도착점에 다다르니 사람들은 불행하다는 것입니다. 이건 하나의 이율배반이지요. 그동안 우리가 착각했거나 놓치고 온 것들이 있는 것입니다. 그래서 한동안 우리는 케어(care, 보살핌, 배려)란 말을 하기도 했고, 웰빙(well-being, 정신과 육체가 조화로운 삶과 행복)이라고 말을 하기도 했습니다. 또 이제는 힐링(healing, 몸이나 마음의 치유)이

해바라기 연인, 몽우 조셉킴, 180×255mm, 캔버스 유채, 2015

라는 말들을 조그맣게 말하고 있는 것입니다.

이 모두는 우리가 많이 발전하고 좋아진 증거입니다. 하나도 나쁘게 생각할 일이 아닙니다. 지금이야말로 우리에게 인간적인 정신적인 자유가 온 것이고, 자신에 대한 자각이 싹튼 것입니다. 그러기에 우리가 외롭고 고달프고 마음으로 힘든 것입니다. 그러기에 이것은 하나의 좋은 기회가 되기도 하는 것입니다.

나의 청소년 시절인 1960년대는 물질적으로 매우 빈곤한 시대였지만 시를 찾고 사랑하는 사람들이 많았습니다. 그만큼 마음이 외롭고 쓸쓸한 사람들이 많았던 겁니다. 그런데 60년 세월의 강물을 건너 사람들은 다시금 외롭고 쓸쓸해졌습니다. 그래서 자기들한테 시가 필요하다고 생각합니다. 이것이 바로 인간입니다.

인간은 물질만 가지고서는 충분히 살았다 할 수 없는 존재들입니다. 마음이란 것이 있고 영혼이란 것이 있기 때문입니다. 마음이야말로 인간을 인간답게 하는 확실한 조건이며, 그 어떤 생명체와도 인간을 구분하게 하는 좋은 특징이요 경계입니다. 오늘날 우리가 외롭고 쓸쓸한 사람들이 된 것도 마음이 시켜서 하는 일입니다. 외롭고 쓸쓸한 마음은 결코 물질만으로는 치유되지 않는 질병과 같습니다. 그야말로 마음의 방법과 도구가 있어야 합니다.

여기에 동원되어야 하는 것이 바로 문화적 방법이고, 그 대표적인 치유법이 시를 가까이하고 시를 읽는 것입니다. 확실히 시를 읽으면 사람의 마음이 순해집니다. 깊어지고 그윽해지고 아름다워집니다. 시를 아는 인간의 마음이 최상의 마음입니다.

교육에 종사하는 분들, 높은 자리에서 정책을 입안하는 분들이 이 점을 좀 알았으면 싶습니다. 이제 우리는 그 누구도 물질적 요건만으로는 결코 행복한 사람이 되지 못합니다. 그만큼 우리는 눈이 높아졌고 마음이 열렸고 정신이 자란 것입니다. 새로운 처방이 필요합니다. 그 처방이 바로 시를 가까이하는 길입니다. 우리 고달프고 상처 받은 마음 위에 시의 꽃다발을 얹으면 참 좋은 일이 일어날 것입니다.

도구로서의 언어

은영 씨. 우리 인간이 다른 생명체와 다른 점은 무엇일까요? 인간이 인간다운 특징 말입니다. 수고로이 책을 펼쳐 찾아보지 않아도 그것은 몇 가지 점에서 구별이 된다 하겠습니다. 첫째는 서서 걷는 동물이라는 점. 둘째는 생각할 줄 아는 능력이 있다는 점. 셋째는 도구를 사용할 줄 안다는 점. 모르면 몰라도 마음이 있다는 것, 나아가 정신 그 너머 영혼이 있다는 점도 인간이 인간인 점을 나타내는 특징이 될 것입니다.

이 가운데서도 가장 중요한 점은 인간에게 도구를 사용할 줄 아는 능력이 애당초부터 있었다는 점일 것입니다. 짐승들은 먹이를 먹더라도 인간처럼 먹지 않습니다. 고기를 먹는다고 그럴 때, 다른 동물들은 발톱이나 이빨로 찢어먹습니다. 그러나 인간들은 손으로 도구를 사용하여 살을 발라 먹습니다. 이런 능력이 인간을 인간답게 했고, 문화를 탄생시켰고, 문명을 발달시켰습니다.

이렇게 인간이 사용하는 도구 가운데서도 가장 놀랍고도 편리하고 좋은 도구는 언어란 도구입니다. 언어를 가지고 인간은 생각하는 존재가 되었고, 또 문화와 문명을 보다 튼튼하고 정교하게 쌓아 올릴 수 있었습니다. 국가나 민족을 결정하는 요인도 언어입니다. 언어에 의해 국가나 민족이 구별되고 육성됩니다. 그만큼 언어는 인간에게 소중한 조건이며 능력인 것입니다.

손을 놀리는 도구가 현실적인 도구라면, 입을 사용하는 언어는 정신적인 도구입니다. 이 언어를 사용하여 인간은 자기 마음을 표현하고 영혼을 드러냅니다. 아니, 인간에게 마음이 있고 영혼이 있다는 증거가 바로 언어가 있다는 점입니다. 그러니까 언어 그 자체가 인간의 마음이고 영혼이라는 얘깁니다. 이러한 인간의 언어 가운데서도 가장 순수한 언어, 영혼과 맞닿은 언어가 바로 시에 사용된 언어, 시어(詩語)입니다.

시는 설명 없이 전달된다는 말이 있습니다. 시는 너와 나의 영혼을 줄 없이도 소통하게 합니다. 이를 더러 이심전심(以心傳心)이라 했고, 염화미소(拈華微笑)라 했습니다. 이야말로 언어 너머의 언어를 말하는 것으로 가끔은 불립문자(不立文字)란 말로도 표현했습니다. 어쨌든 시에 사용되는 언어는 그 모든 것을 합한 것으로서 언어이고, 인간 최상

품의 언어이고, 황금으로서의 언어입니다.

그러기에 우리는 한 편의 시를 통해 끝없는 정신의 안식을 맛보고 마음의 평온을 얻으며, 현실에서 받은 상처를 치유받게 되고 위로를 얻어낼 수 있는 것입니다. 다시금 인간에게 빛나는 시가 있다는 것은 빛나는 영혼이 있다는 말과 다르지 않습니다. 세상에 사람으로 태어난 것도 자랑스러운 일이지만, 시를 아는 사람으로 태어난 것도 복 받은 일 가운데 하나입니다. 그 복 받은 사람 가운데 한 사람이 바로 은영 씨이고 또 나인 것입니다.

입말과 글말

은영 씨도 알다시피 우리가 사용하는 언어 가운데는 음성언어가 있고 문자언어가 있습니다. 이른바 음성언어는 입으로 직접 하는 말이고, 문자언어는 글로 기록하는 말입니다. 그래서 앞의 것을 '입말'이라고도 하고, 뒤의 것을 '글말'이라고도 합니다.

모름지기 말의 기본은 입말에 있습니다. 실생활에 쓰이는 말들이 입말인데 이 입말이야말로 가장 자연스런 말이요, 편안한 말이요, 살아서 숨 쉬는 생명이 있는 싱싱한 말입니다. 그러나 이 입말은 쉽게 사라진다는 약점이 있습니다. 이를 보완한 것이 바로 글말입니다.

여기서 필요하게 된 것이 문자지요. 이렇게 문자로 기록된 언어가 바로 문자언어인데 우리가 읽는 시는 대부분 문자언어에 의해 보존되고, 전달되고, 이해됩니다. 시집이라는 책의 형태 속에 들어 있는 시들, 수없이 많은 시들을 통해 우리는 시를 감상하고 시를 배웁니다.

그래서 사람들은 시라고 그러면 책(시집이나 잡지) 속에 들어 있는 구체적인 작품만을 떠올립니다. 그래요. 그것이 우선은 시 맞습니다. 하지만 여기서 시각을 바꾸어 '과연, 그것만이 시일까?' 생각해볼 필요가 있습니다. 앞에서 우리말에는 입말과 글말이 있다고 그랬지요. 여기에 대입해보면 책 속에 들어 있는 시들은 글말로만 된 시입니다.

그러면 입말로 된 시는 없는 걸까? 아닙니다. 충분히 그런 시들이 있을 수 있습니다. 주변에서 사람들이 말하는 소리들을 귀 기울여 잘 들어보십시오. 그 속에는 아주 많은 시들이 들어 있을 수 있습니다. 시 쓰는 사람은 그것을 함부로 흘려 넘겨선 안 됩니다. 모름지기 귀를 기울여 들어야 하고, 마음 깊이 새겨두고 배워야 합니다. 내 것으로 해야 합니다.

오늘날 왜 시들이 그렇게까지 건조하고 까다롭고 어렵기만 한 겁니까? 그것은 시를 공부하는 사람들이 책 속에서만 시를 찾고 시를 공부하기 때문에 그런 것입니다. 정말로 좋은 시, 살아있는 시를 쓰고 싶은 사람이라면 주변 사람들이 주고받는 말들을 잘 듣는 사람이어야 합니다. 그것이 가장 좋은 길이고, 빠른 길입니다.

50년 가까운 시인 생애 가운데 내가 쓴 후반부의 대다수 시들은 입말을 활용해서 쓴 시들입니다. 주변 사람들의 말과 어법을 차용해서 쓴 시들도 많습니다. 좋은 시, 살아있는 시는 입말 속에 있다는 것을 누구보다 실감한 사람이 바로 납니다. 정말로 좋은 말을 하는 사람이 있으면 이런 말을 들려주기도 합니다.

“말조심하세요. 나는 좋은 말이 있으면 훔쳐가기도 하는 말 도둑이랍니다.”

그렇습니다. 좋은 시, 살아 숨을 쉬는 시는 글말이 아닌 입말 속에 있습니다. 일상생활의 언어, 우리 삶 속의 언어, 너와 나의 관심사, 평범한 인간의 이야기, 너와 나의 대화 속에 늘 우리가 꿈꾸는 시들이 숨어 있음을 알아야 합니다. 그것의 열쇠는 바로 입말이 쥐고 있다고 보아야 합니다. 오늘날 우리 시는 음성언어의 자연스러움을 회복해서 제 것으로 해야만 합니다. 그것이 또 하나의 중요한 과제입니다.

시 속엔 시가 없다

은영 씨. '붕어빵 속엔 붕어가 없고, 제비꽃 속엔 제비가 없다'는 말을 들어본 적이 있는지요? 그 말은 우리의 시에서도 마찬가지입니다. 시 속엔 시가 없고 책 속엔 시가 없는 법입니다. 다만 박제된 시, 숨 쉬지 않는 시, 타인의 시가 들어 있을 뿐입니다. 붕어빵이 붕어의 모형일 뿐이고, 제비꽃이 다만 조그만 한 풀꽃의 이름이듯이 말입니다.

그럼 어디서 시를 찾아야 할까요? 우리 일상생활과 자연 속에서 시를 찾아야 합니다. 정작 숨 쉬는 시, 펄펄 뛰는 시는 일상생활과 자연 속에 숨어 있기 마련입니다. 정말로 좋은 시인이라면 그것부터 새롭게 시작해야 하고, 좋은 독자라면 그런 시인을 눈여겨 알아보아야 합니다.

시는 보다 많이 자연, 인간, 세상 속에 흩어져 있습니다. 그것을 찾아야 합니다. 시 쓰기는 또 다른 보물찾기입니다. 신은 세상 속에 아주 많은 시들을 보물로 숨겨두셨습니다. 그걸 찾으면 되는 겁니다. 나아가 시 쓰기는 발견이기도 합니다. 삶의 발견, 인생의 발견, 세상의 발견이 바로 시 쓰기입니다.

은영 씨. '유자서(有字書), 무자서(無字書)' 이야기를 들어본 일이 있는지요? 중국 명나라 말기의 홍자성(洪自誠)이란 분의 어록인 《채근담(採根譚)》이란 책 속에 나오는 이야기에 이런 내용이 있습니다.

> 사람들은 글자가 있는 책은 읽으면서도 글자가 없는 책은 읽지 못하고,
> 줄 있는 거문고는 탈 줄 알면서 줄 없는 거문고는 탈 줄 모른다.
> 형체 있는 것만 쓸 줄 알고 그 정신은 쓸 줄 모르니,
> 거문고와 책의 참맛을 어찌 알겠는가!
> (人解讀有字書/ 不解讀無字書/ 知彈有絃琴/ 不知彈無絃琴/ 以跡用/ 不以神用/ 何以得琴書之趣)

여기서 유자서, 유현금은 눈에 보이면서 실재하는 책과 거문고를 말합니다. 그리고 무자서는 글자가 없는 책을, 무현금은 줄이 없는 거문고를 말합니다. 충분히 눈에 보이지 않는 추상과 상상으로서의 책

과 거문고입니다. 옛사람의 충고는 유자서와 유현금에 있지 않고 무자서와 무현금에 머물러 있습니다. 실재하지 않는 무자서와 무현금을 중시하라는 것이지요.

언어의 입장에서 볼 때도 글말(문자언어)보다는 입말(음성언어) 속에 진정한 시가 있다고 했듯이, 서책의 입장에서 볼 때도 유자서보다는 무자서에 주목하라는 것은 매우 놀라운 지적이요 요구사항입니다. 오늘날 시 쓰는 사람들은 이 점을 분명히 알아야 합니다. 그렇다고 유자서를 전면 부인해서는 안 됩니다.

일정 부분 유자서를 인정하고 그 속에서 타인의 시를 충분히 배워야 합니다. 그렇지 않으면 시가 거칠어지고 지나치게 고집스러워져서 보편성을 잃을 수 있고, 시적인 표현이나 기교의 수준을 유지하기 어렵습니다. 그런 뒤에는 자기 삶을 들여다보기도 하고 세상과 자연만물을 살피며 거기서 자기만의 시를 건져 올려야 할 일입니다. 어쩌면 유자서와 무자서 사이, 그 어디쯤에 진정한 '나의 시'가 숨겨져 있다고 보아야 할 것입니다. 시인은 바로 그것을 찾아내는 사람인 겁니다.

그대를 그려 보았소, 몽우 조셉킴, 180×255mm, 캔버스 유채, 2015

시란 어떤 글인가

시란 어떤 글인가? 까다롭고도 어려운, 현학적인 이야기를 꺼낼 자리가 아닙니다. 다만 상식적으로 시가 이러 이러한 글이 아니겠는가 하는 입장에서 이야기하려고 그럽니다. 말하자면 시에 대한 단출한 이야기가 되기를 바랍니다.

본래 인간에 의해 만들어지고 발전한 것이 말이고 문자입니다. 이 두 가지를 합쳐서 그냥 언어라고도 하는데 말을 음성언어, 글자를 문자언어라고 한다고 했습니다. 음성언어는 좀 더 삶과 가깝고 생명력이 있는 대신 보존성이 약해서 문자언어를 만들었다고 했습니다.

이러한 두 가지 언어는 민족을 구성하고 특성 짓는 데도 매우 중요한 구실을 하고, 문화와 문명을 발달시키는 데도 아주 중요한 역할을 하는 요인이 됩니다. 어쩌면 오늘날 인류의 찬란한 문화적 업적은 모두 언어가 있었기 때문에 가능했을지도 모르는 일입니다. 그처럼 언어는 소중한 자산입니다.

이러한 언어 가운데 문자언어로 기록된 모든 자취와 흔적이 바로 글입니다. 이러한 글은 문학작품과 비문학작품으로 나뉩니다. 물론 비문학작품은 실생활에 쓰이는 실용적이고 사실적인 글을 말하고, 문학작품은 장르(분야)별로 나누어져서 시·수필·소설(동화, 희곡)·평론으로 갈라집니다.

시는 느끼는 글이고 감정이 글의 주된 바탕이 되며, 감정의 질서를 따라 글이 전개됩니다. 이에 비하여 수필은 생각하는 글로 생각이 주된 글의 바탕이며 생각의 질서를 따라가며, 소설은 이야기하는 글로 일과 인물이 글의 주된 바탕이며 사건의 질서를 따라갑니다. 그런가 하면 평론은 따지는 글로 문학작품 자체가 글의 소재이며 논리의 질서를 따릅니다. 엄격하게 말하면 평론은 문학작품이기보다는 학문에 더 가깝다고 말할 수 있겠습니다.

이상의 설명 가운데 우리가 배워야 할 것이 있습니다. 시는 감정의 질서를 따라가는 글이므로 시의 감상이나 교육도 감정의 질서를 중시해야 하고, 시의 창작도 역시 감정의 질서를 무시해서는 안 된다는 것입니다. 언제부턴가 시 쓰는 분들이 대학교 교수도 하고 평론을 겸하다 보니 시가 감정의 질서보다는 논리의 질서로 많이 다루어지고 있음을 봅니다.

이것은 시작부터 잘못된 일입니다. 어디까지나 교육과 창작, 감상의 현장에서 시는 감정의 질서로 다루어져야 합니다. 결코 학문의 대상이 아니란 것을 알아야 합니다. 오늘날 우리 시의 무잡성과 건조성은 상당 부분 학문하는 분들과 대학교 교수, 잡지사나 신문사 기자들이 만들어놓았다고 보아야 옳습니다.

다시금 시를 제자리로 돌려놓아야 합니다. 그것은 어디까지나 시를 감정의 질서로 보고 느끼면서 읽고 쓰고 감상하는 일입니다. 시는 노래와 같은 글입니다. 그림과 같은 글입니다. 노래와 그림을 한 번만 듣고 보고 마는 것이 아니라 여러 번 듣고 보는 것처럼, 시도 여러 번 되풀이하여 읽고 또 읽으면서 느끼고 또 느껴야 합니다. 이럴 때 시가 우리 삶에 도움이 되는 글이 될 것입니다.

시와 산문

은영 씨. 앞에서 우리는 모든 글이 문학작품과 비문학작품으로 나뉘고, 또 문학작품은 시와 산문으로 나뉜다고 이야기했습니다. 이번에는 산문과 시가 어떻게 다른가에 대해서 좀 이야기해보기로 합시다.

오늘날 시가 음수율이나 글자 수를 맞추어 정형적인 폼으로 쓰이는 글이 아님은 모두가 아는 바입니다. 그렇다고 시가 무조건 짧기만 하면 된다든가 산문 형태의 글을 시 형태의 글로 연과 행만 구분해서 뚝뚝 잘라놓는 글이면 된다는 생각에 우리는 또 동의할 수 없습니다.

시는 무언가 글 안에 산문과 다른 요소와 특질을 가졌기에 시가 되는 것입니다. 시는 읽고 나면 무언가 상상이 떠오르는 글입니다. 상상이란 생각 속에 또 다른 그 무엇이 떠오르는 것을 말합니다. 이것이 바로 이미지(image)이고, 그런 이미지를 만드는 것이 비유이고, 또 비유를 어려운 말로 메타포(metaphor)라 부릅니다.

그러나 우리는 여기에서 이렇게 어려운 얘기를 할 필요가 없습니다. 시는 어쨌든 우뚝한 글이고, 뭉뚱한 글이고, 힘찬 글이란 것만 알면 되는 일입니다. 마음속에 떠오르는 말을 힘 있게 내뱉는 것이 바로 시입니다. 그런 점에서 시는 외마디 소리와 같고, 고함 소리와 같으며, 또 인간의 마지막 날에 쓰는 유서와 같다고 할 것입니다.

그러니 그 글이 어찌해야 하겠습니까? 시는 짧고 간결한 글이어야 하고, 힘 있는 글이어야 하고, 값진 글이어야 하고, 마음이 담긴 글이어야만 합니다. 순수한 인간의 마음이 담긴 글, 황금과 같은 글, 어쩌면 시는 인간의 말 가운데서 가장 영혼과 가까운 말인지도 모릅니다. 아닙니다. 시는 영혼 그 자체, 영혼이 자기의 몸을 살짝 보여주는 글입니다.

그렇습니다. 시는 분명 그래야 합니다. 영혼이 무엇입니까? 인간의 몸 안에 있는 마음이거나 정신, 가시적인 것은 아니지만 분명 없는 것이라고 그 누구도 부정하기 어려운 그 무엇, 또다시 그 마음이나 정신 그 안에 깊숙이 숨은 또 하나의 내가 바로 영혼입니다.

미처 나도 모르는 나입니다. 나는 때때로 내가 만날 수 있는 나이고, 대부분은 만날 수 없는 나입니다. 영혼이 말을 시켜 나와 만나는 것이 바로 시입니다. 그러므로 시인은 가끔 자기 자신도 모르는 말을 글로 쓰기도 합니다. 시인의 영혼이 시인을 대신해서 써주는 글이기 때문입니다. 그러한 예를 우리는 독일의 시인 라이너 마리아 릴케가 쓴 시 〈오르페우스에 바치는 소네트〉에서 찾아볼 수 있습니다.

릴케는 뮈조트 성에서 그의 대표작인 〈두이노의 비가〉라는 장시를 쓰는 사이, 자기도 모르게(의도하지도 않게) 내부로부터 감흥이 일어 시를 썼는데, 그것은 19세의 나이로 일찍 죽은 베라 오우카마 크노프라는 여성무용가를 애도하여 쓴 55편에 이르는 소네트였다고 합니다. 이렇게 많은 작품을 릴케는 10일 만에 쓰고 나서 한동안 기절한 듯 쓰려져 있었다고 합니다.

시는 이렇게 영혼이 담긴 글이고, 또 영혼이 시켜서 쓰이는 글이고, 시인은 이런 영혼이 불러주는 말을 성실히 받아쓰는 사람입니다. 이 점이 시와 산문이 확실히 다른 점이고, 시인과 산문 작가가 또 다른 점이라 하겠습니다.

시에 쓰이는 언어

시와 산문의 차이에 대해서 이야기했지만, 시에 사용되는 언어의 특징에 대해서도 조금 짚고 넘어갔으면 합니다. 모두가 그런 건 아니지만 산문이 보다 분명하고 모순 없는 언어를 선호한다면, 시에 쓰이는 언어는 다분히 모호한 언어, 주관적인 언어입니다. 때로는 모순의 어법, 비문(非文)까지도 허용합니다.

소재가 감정이므로 시에 사용되는 언어 또한 감정적이고 정서적인 언어라고 할 수 있습니다. 그러나 처음에는 차마 언어가 되기 이전의 일렁이는 감정덩어리로서 시는 시작됩니다. 울컥, 가슴 안에서부터 치밀어 올라오는 그 무엇 말입니다. 이것은 잠시만 그냥 두어도 금방 사라지고 맙니다.

이러한 감정덩어리는 언어로 붙잡아놓는 일이 시급하고 중요합니다. 어떻게든 자기가 아는 언어로 이것을 표현해내야 합니다. 그러기 위해서 시 쓰는 사람은 아주 많은 언어들을 미리 알고(준비하고) 있어야 합니다. 그러니까 감정은 물과 같고, 언어는 그릇과 같다고 할 수 있습니다. 물은 어떤 그릇에 담느냐에 따라 그 모양이 바뀝니다. 우리의 감정도 마찬가지입니다.

그러기에 시 쓰기에서 내용보다 형식이 중요하다고 말을 하는 겁니다. 여기서 내용은 감정이고, 형식은 언어가 되겠지요. 시를 쓰는 사람은 끝까지 감정을 따라 일렁이기만 하면 안 됩니다. 감정 앞에서는 심히 부드럽지만, 언어 앞에서는 날카롭기도 해야 합니다. 그런 점에서 시 쓰는 사람은 감성과 이성을 더불어 작동시켜야 합니다. 말하자면 시인은 시를 쓸 때 한없이 부드러운 마음과 모진 마음을 더불어 가져야 한다고 볼 수 있습니다.

산문의 언어가 방향성이 있고 질서정연한 언어라면, 시의 언어는 다분히 방향성이 없고 순간에 폭발하듯 터져 나오는 언어입니다. 그러므로 시를 쓰는 사람은 순간순간의 감흥에 유의해야 하고 그 감흥을 놓치지 말아야 합니다. 시를 쓰다 보면 몇 초 전까지만 해도 전혀 예상하지 못했던 말들이 불쑥불쑥 떠오르는 경험을 하게 되는데, 이것이 바로 감흥의 발현입니다.

인간에게 보다 중요하고 뿌리 깊은 것은 이성보다 감성입니다. 마음속으로는 '안 그래야지' 하고 몇 번을 다짐해도 어느 순간 자기도 모르게 반대로 행동하거나 말해버리는 것은 감성의 작용 때문입니다. 흔히 시골 사람 어법 가운데 '먹은 맘'이라는 말이 있습니다. 섭섭한 일이 있어 '너 나한테 먹은 맘 있냐?'라고 따질 때 쓰는 말이지요. 이것은 '마음속에 자기도 모르게 숨긴 맘'이라는 뜻인데 이것이 바로 감성, 즉 감정입니다.

시를 쓸 때는 바로 이 '먹은 맘'을 써야 합니다. 마음속에 깊숙이 간직해둔 마음을 꺼내어 시로 써야 합니다. 어쨌든 시의 언어는 망설임 없이 확 뱉어버리는 말입니다. 머뭇거림이 있어도 안 되고, 마음속에 그 어떠한 계산이나 헤아림이 있어서는 더욱 안 됩니다. 시 쓰는 사람은 시 앞에서 참을성을 발휘해서도 곤란합니다. 떠오르는 대로 생각나는 대로 그냥 쏟아놓아야 합니다. 누군가의 눈치를 살피거나 분별력을 가지는 것도 곤란한 일입니다.

시는 비의도적이고 자연적인 글입니다. 일이 나가는 순서대로 쓰이는 글이 산문이라면, 시는 감정이 나가는 순서대로 쓰이는 글입니다. 이것을 거꾸로 알고 자꾸만 시에 일(사건)을 집어넣으려 해서는 안 됩니다. 그래서 산문이 붙여나가는 글, 이어나가는 글(확대되는 글)이라면, 시는 깎아나가는 글, 끊어나가는 글(축소되는 글)이라 하겠습니다.

시인이라는 이름

세상에는 아주 많은, 여러 종류의 예술인들이 있습니다. 그 이름들을 살펴보면 재미있는 현상을 발견하게 됩니다. 집 가(家) 자가 붙은 사람들, 손 수(手) 자가 붙은 사람들, 더러는 장인 장(匠) 자가 붙은 사람들이 있지요.

여기서 집 가 자가 붙은 사람들인 미술가, 화가, 음악가, 성악가, 건축가, 작가, 무용가, 연출가 등은 직업으로 돈벌이를 위해 예술행위를 하는 사람들입니다. 그리고 손 수 자가 붙는 이름인 목수, 가수 등은 조금은 신분을 내리쳐서 부르는 이름이기도 하겠습니다.

문학을 전공하는 사람들을 가리킬 때도 작가, 소설가, 수필가, 평론가 등 가 자가 주로 붙습니다. 그런데 가끔은 문학가를 특별하게 사람인(人) 자를 붙여 문학인, 문인이라 부르기도 합니다. 시를 쓰는 사람의 경우는 시가(詩家)라 부르지 않고 아예 시인(詩人)이라 부릅니다. 도대체 여기에는 어떤 의미가 있는 걸까요?

모르면 몰라도 '시를 쓰는 사람은 끝까지 사람답게 살고 사람답게 세상을 바라보고 사람다운 글, 사람 냄새 나는 글을 남겨라' 그래서 그런 게 아닐까요. 내 생각이 그렇습니다. 시인은 정말로 목숨 끝날까지 사람답게 살아야 하고 사람다운 글을 써야 한다고 생각합니다. 그렇지 않고서 시인은 시인이 아닌 것이지요.

시인은 절대로 자기 혼자서 시인이 될 수 없습니다. 독자와 더불어 시인입니다. 어떠한 시인도 독자가 인정해줄 때에만 시인이 됩니다. 이런 점을 나는 이렇게 말하곤 합니다.

'시인은 다른 사람들이 시인(是認)해줄 때만 시인이 된다.'

그건 정말로 그렇습니다. 자기 혼자서 시인이라 아무리 우겨도 그것은 허공에 내지르는 헛된 메아리와 같은 것일 뿐입니다.

그러기에 시인들은 보다 많이 독자를 의식하면서 시를 써야 합니다. 독자들이 요구하는 시를 써야 하고 독자들에게 필요한 시를 써야 합니다. 그야말로 위로와 축복과 기쁨을 주는 시를 써야 합니다. 인간은 어떠한 경우에도 유용한 것, 필요한 것을 찾는 존재입니다. 시도 인간에게 필요하고 유용한 그 무엇이 되어야 합니다.

피리 부는 소년, 몽우 조셉킴, 185×155mm, 캔버스 유채, 2004

오늘날 사람들은 살기 힘들다 하고, 마음으로 고달프다 지쳤다 하소연을 합니다. 이런 말들을 시인들은 귀 기울여 들어야 합니다. 그래서 그들을 위해주는 시를 써야 하고, 그들의 마음과 같이 가는 시를 써야 합니다. 이것은 별로 어려운 일이 아닙니다. 그들을 이해하고, 그들의 마음이 되고, 그들의 눈으로 세상을 보면서 시를 쓰면 되는 일입니다.

시인은 결코 자신이 특별한 사람이라고 생각해서는 안 됩니다. 선민의식은 그야말로 금물입니다. 이웃과 함께 한없이 낮아지고 한없이 부드러울 때 시인은 정말로 시인이 되는 것입니다. 그러기에 다른 예술가들과는 달리 그 이름에 사람 인 자가 붙어서 시인이 되는 게 아닐까 싶습니다.

그렇지만, 그렇지만 말입니다. 이 말만은 다시 한 번 첨언해도 좋을 듯합니다. 시 쓰는 사람은 천지만물을 언제나 새롭게 보고 때로는 놀라는 마음을 가지는 사람입니다. 자다가 문득 깨어 혼자서 울다가 눈물 어린 눈을 씻으며 주변을 살피는 어린아이입니다. 겁이 많고 호기심 많은 그 눈으로 세상을 바라볼 줄 아는 사람이 바로 시인입니다.

*

가끔 방송을 보면 대중가수인 이미자나 장사익 같은 소리꾼들을 가인(歌人)이라 부르는 걸 봐요. 이것은 이들을 보다 높이고 존중해서 부르고자 하는 마음의 배려에서 나온 것이라고 봅니다. 그만큼 사람 인자는 소중하고 아름다운 글자가 아닌가 싶어요.

그러므로 시인도 자신들이 시인이라는 사실을 십분 인식하고 사람다운 사람으로 진실되고 아름답게 살려고 노력해야 하며, 사람을 위해주고 사람에게 유용한 시를 쓰도록 노력해야 할 줄로 압니다. 그렇지요. 그 이름에조차 향기가 나는 사람으로 살아야 하고, 그가 살아 있을 때보다도 그가 지상에서 목숨 거두었을 때 더욱 아름답게 기억되는 사람이 되어야 하리라고 봅니다.

시인,
감정집단의 대변인

중학생들에게 문학 강연을 하면서 어떤 시인의 어떤 시를 가장 좋아하느냐고 물으면, 그들은 서슴없이 윤동주란 시인을 들고 그의 시 〈서시〉나 〈별 헤는 밤〉 〈자화상〉 〈새로운 길〉을 댑니다. 왜 학생들은 그 많은 시인들을 두고 윤동주란 시인을 말하고 그의 시편들을 여럿 대는 것일까요?

말할 것도 없이 윤동주란 시인과 그의 시가 그들의 맘에 들기 때문입니다. 맘에 든다는 것은 지극히 정서적인 반응으로, 따져서 되는 것도 아니고 이성이나 분별력이 시켜서 하는 것도 아닙니다. 그저 그들의 마음이 끌려서 그렇게 되는 것이지요.

그러면서 그들에게 문단에서 힘이 있고 이름난 시인들의 이름을 말하고 기억하는 시 한 편을 말해보라면 선뜻 말하지 못하는 경우가 있습니다. 이거야말로 시인의 굴욕입니다. 물론 교과서나 참고서를 통해 학생들이 어떤 시를 읽고 배웠느냐가 작용해서 그럴 수도 있지만, 시인된 사람들은 한 번쯤 고민하고 넘어가야 할 문제라고 생각합니다.

과연 우리가 쓰는 시가 이 나라의 중학생이나 평범한 일반 독자들한테 이해되지 않는 시가 되어서 괜찮은 것인가. 오늘날 시인들은 충분히 그들의 시가 어렵고 까다롭다는 것을 자각해야 합니다. 또한 일반 독자들의 현실이나 정서체계와는 너무나 동떨어져 있다는 걸 알아야 합니다.

그래서 나는 말하곤 합니다.

'읽어서 머리 아프고 이해가 안 될뿐더러 우울해지고 마음이 불안해지고 슬퍼지고 괴로워지는 시는 읽지도 말아라. 왜 우리가 사는가? 적어도 인간은 즐겁게 살고 기뻐지기 위해서 산다. 시도 마땅히 우리의 삶에 도움이 되어야지 하나도 도움이 되지 않는 시는 필요하지 않다.'

어떤 점에서 시인은 자기가 속한 감정집단의 대변자입니다. 가령 시인 이상은 매우 예각적인 감정집단 위에 서 있는 시인이고, 앞에서 말한 윤동주나 김소월 같은 시인은 밑변이 긴 삼각형의 감정집단 위에 서 있는 시인입니다. 이것은 시의 우열에 관한 문제가 아니라 시의 보편성과 일반 독자의 호응도에 관한 문제요, 호불호(好不好)의 문제입니다.

은영 씨. 그렇다면 이 나태주는 어떤 감정집단의 대변자로서의 시인일까요? 등단 초기 나의 시는 실연한 시골 출신 젊은이의 외로움과 슬픔 정도를 대변하는 시였을 것입니다. 쓸쓸함의 정서, 그리움의 정서가 주조였지요. 그러다가 중년을 거쳐 노년에 이르러서 보다 보편성을 고려하는 시 쪽으로 기울었다고 볼 수 있겠습니다.

무조건 그런 것은 아니지만 시인은 자기가 대변하는 감정집단이 넓고 많을수록 유리하다고 봅니다. 그리하여 그것은 개인을 대변하는 데서부터 출발하여 인류 전반으로까지 확대되어야 합니다. '개인 → 가족 → 지역·세대·계층 → 시대 → 민족·국가 → 인류'로까지 번져나가야 합니다. 그것이 바로 시인이 바라는 꿈이요, 세계요, 미래입니다.

실상 시인은 한 개인이나 가족의 추억을 파는 사람입니다. 그 추억의 정서와 집단이 얼마나 크게 확대되고 공감대를 형성하느냐 하는 문제는 그 시인의 필생의 노력과 그가 쓰는 시에 들어 있는 영성(靈性) 여하에 달린 문제라고 볼 수 있겠습니다.

왜 시인을 부르나

은영 씨도 알다시피 나는 전형적인 시골 시인이고 본바탕이 미천한 사람입니다. 그리고 직장에서 은퇴한 사람이고 한 늙은이일 뿐입니다. 그런데도 사람들은 요즘 자주 나를 불러 자기들 앞에 세우고 싶어 합니다. 주로 학교에서 부르고, 도서관에서 부르고, 문학을 공부하는 동아리에서 부르고, 더러는 교회나 노인대학에서까지도 부릅니다.

그야말로 남녀노소를 막론하고 나를 부릅니다. 놀라운 일이고 감사한 일입니다. 표면적으로는 오로지 〈풀꽃〉이란 나의 시 한 편 때문입니다. 누구는 말합니다. 나태주는 〈풀꽃〉이란 시 한 편을 들고 어둔 밤길을 걸어 세상과 어렵게 만났다고. 그리하여 그의 시가 국민대중의 시가 되었고, 나태주도 덩달아 국민대중이 알아주는 시인이 되었다고. 개인적인 영광이요 고마움입니다.

그러나 여기서 끝까지 기뻐하고 좋아할 일만은 아니라고 봅니다. 강연장에 나가거나 사람들을 만나보면 다 같이 사는 일이 힘들다고 말들을 합니다. 고달프다고 말들을 합니다. 어린 학생들도 그렇고, 나이 든 어른들도 그렇고, 주부들도 그렇다고 합니다. 그러면서 위로받기를 원한다고 말합니다. 이것이 그들의 솔직한 속내이고 고백입니다. 아, 그렇구나. 그래서 시인을 부르는구나. 위로받고 싶어서, 서로 어깨를 기대고 싶은 마음 때문에 시를 요구하는구나. 이러한 마음과 정황 앞에서 나는 다시 한 번 눈물이 글썽여지지 않을 수 없습니다.

참으로 안쓰러운 노릇입니다. 어쩌면 세상이 이토록 시인을 원하는 것은 오늘날 사람들이 외로워서 그런 것이고 그런 만큼 세상 사람들 모두가 똑똑해져서 그런 것이 아닌가 싶습니다. 지금껏 우리는 가문이나, 이념이나, 고향이나, 출신학교나, 자기가 소속된 집단에 등을 기대거나 스크럼을 짜고 살아왔습니다. 소속감이 많은 일들을 대신해 주었고 외로움조차 해결해주었습니다.

그러나 이제는 아닙니다. 그런 유대가 모두 깨진 것입니다. 있다면 오로지 개인이 있을 뿐입니다. 어느 날 주변을 살펴보니 자신이 들판 위에 홀로 서 있는 하나의 나무라는 걸 발견하게 된 것이지요. 이것은 매우 중요한 일입니다. 여기서 진정한 자아가 눈을 뜨게 되는 것입니다. 정말로 사람다운 사람이 되는

바라만 봐도 좋아, 몽우 조셉킴, 155×185mm, 캔버스 유채, 2004

것입니다. 이것은 위기이기도 하지만, 하나의 좋은 기회이기도 하고 축복이기도 한 것입니다.

비로소 사람들은 집단의 일원이 아니라 독립된 개체가 되었다고 보아야 합니다. 오직 한 사람 개체로만 서게 된 자아. 그러기에 외로운 것이고, 위로와 축복이 필요한 것이고, 또 나같이 졸렬한 시골 시인을 부르기도 하는 것입니다. 생각이 여기까지 오게 되면, 세상과 세상 사람들이 문득 희망적이기도 하지만 안쓰러워지는 마음이 없는 게 아닙니다. 또다시 그런 안쓰러운 마음 밭에서 나의 시는 한 치씩 까치발을 딛고 자라는 게 아닌가 싶습니다.

시를 쓰게 하는 마음

햇빛이 너무 좋아

혼자 왔다 혼자

돌아갑니다.

— 〈그리움〉, 나태주

젊은 시절의 일입니다. 지금은 아파트에서 살고 있지만, 저 아랫마을 금학동 감나무 두 그루가 비좁은 마당을 지켜주던 단독주택에서 살던 때에 쓴 작품입니다. 하루인가는 일요일 집을 비우고 전 가족이 외출을 했는데, 강신용이라는 대전 시인이 나를 찾아왔다가 아무리 대문을 흔들어도 인기척이 없으니 그냥 돌아가면서 그래도 섭섭해서 종이쪽지에 글을 한 편 써서 마당에 던져놓고 간 일이 있었습니다.

'선생님, 저 왔다가 갑니다. ―강신용'

아마도 쪽지의 내용은 그렇게 쓰여 있었을 것입니다. 저녁 시간 집에 돌아와 이 쪽지를 발견한 나는 미안한 생각이 들었습니다. 그래서 그 미안한 마음을 시로 썼을 것입니다. 그렇습니다. 강신용 시인이 그랬듯이 누군가를 보고 싶어 혼자 찾아갔다가 돌아가는 것이 바로 그리움입니다.

그리움은 사람의 마음을 멀리까지 데리고 갑니다. 그러고는 그곳에서 새로운 것들을 만나게 하고, 새로운 일들을 도모하게 합니다. 인간에게 그리운 마음이 있다는 것은 참으로 다행스럽고 좋은 일입니다. 그리운 마음 때문에 우리는 얼마나 안타깝기도 했지만 얼마나 행복한 사람들이었던가요.

나는 가끔 시를 쓰게 하는 마음으로 그리움, 사랑, 기다림을 들었습니다. 그러나 그 뒤에 다시 생각해보니 더욱 깊은 마음이 시를 쓰게 하는 것이 아닌가 생각하게 되었습니다. 지금부터 그 이야기를 좀 해보려고 합니다. 어진 마음, 사무치는 마음, 호기심이 바로 그것입니다.

첫째로 어진 마음은 말할 것도 없이 공자님의 주제인 '인(仁)'의 마음이지요. 또 이것은 예수님의 '긍휼'히 여기는 마음과 통하고, 석가모니 부처님의 '자비심'과도 통하는 마음이지요. 지극히 부드러운 마음이며, 겸손한 마음이며, 한없이 낮아지는 마음이며, 봄과 같은 마음입니다.

언제든 어진 마음을 생각하면 떠오르는 것은 봄비입니다. 봄비는 여름비나 가을비와 다릅니다. 여름비가 왁자하게 소란스럽게 오는 비이고, 가을비가 차갑게 퉁기는 비라면, 봄비는 부드럽게 둥글게 잦아들면서 안으로 스며드는 비입니다. 그야말로 생명을 보듬고 쓰다듬고 탄생시키는 비입니다. 대지에 내려서 대지와 하나가 되고, 씨앗과 하나가 되어 새싹을 틔우는 비입니다. 여기서 말하고 싶은 것은 시를 쓰는 시인의 마음이 그래야 한다는 것입니다.

결단코 겸손한 손과 봄의 들판과 같은 마음이 아니고서는 시가 내려앉지를 않습니다. 그런 강팍한 마음과 손이라면 아예 시가 내려앉았다고 해도 싹을 틔우지 않을 것입니다. 이런 때 시인은 산파가 산모의 애기를 받듯이 겸손하면서도 부드러운 손길로 시를 받아내야 합니다. 그런 의미에서 시는 받들어 모셔야 하는 글입니다.

그다음은 사무치는 마음입니다. '깊이 스며들거나 멀리까지 미치는 마음'이 바로 사무치는 마음에 대한 설명입니다. 이는 또 진정성과도 통하는 마음입니다. 진정성. 시에서 절대로 없어서는 안 되는 마음입니다. 겪어보지도 않은 것을 겪어보았다고 해서는 안 되는 일이고, 알지도 못하는 것을 안다고 해서는 안 되는 일입니다.

이것은 시인의 상상력과는 별개의 문제입니다. 더구나 허장성세로 떠들고 거짓으로 꾸미는 것은 하나의 사기와도 같은 것입니다. 진정성은 '진심'과 비슷한 뜻을 지닌 말이고, '참되고 애틋한 정이나 마음'을 가리키는 말입니다. 그러니까 '진실 + 마음'이 바로 진정성이 될 것입니다. 시도 양심적이어야 합니다. 이것을 사무치는 마음, 진정성이 보장해줄 것입니다.

마지막으로는 호기심입니다. 호기심은 어린아이같이 세상을 새롭게 보고 아름답게 예쁘게 볼 줄 아는 마음입니다. 대개 나이가 들어서도 좋은 시를 쓰는 시인들은 이 호기심이 많은 시인들입니다.

> '어른들은 누구나 처음엔 어린이였다. 그러나 그것을 기억하는 어른은 별로 없다.'

이것은 생텍쥐페리의 말인데, 여기서 말하는 어린이가 바로 호기심을 가진 사람으로서의 어린이입니다.

시인은 다만 어린아이와 같이 철없고 천진하게 말을 하는 것이 좋습니다. 그런 점에서 모든 어린아이의 말은 시이고, 그들은 태어나면서부터 시인입니다. 시인의 끝은 늙은 어린아이입니다. 겉모습(하드웨어)은 늙었지만, 마음속(소프트웨어)은 어린아이 같은 시인 말입니다. 오랜 동안의 인생과 세상 경험을 어린아이의 어법으로 천진하게 말하는 것이 바로 시입니다.

마음의 블랙박스

은영 씨. 인간이 여러 가지 면에서 다른 동물이나 생명체와 다르다는 걸 우리는 잘 압니다. 그 가운데서도 특별히 다른 점은 인간에게 마음이란 것이 있다는 거지요. 마음은 때로 정신이란 말로도 대신하고 영혼하고도 통합니다. 우리가 슬프다, 외롭다, 괴롭다, 기쁘다 말하는 감정도 모두가 마음의 작용에서 나오는 것들입니다.

인간의 마음은 세상에 없는 것들까지 인식하고 그 존재를 파악합니다. 오래전에 사라져 모습 찾을 수 없는 것들까지도 있다고 인정하고 들리지 않는 소리까지도 듣습니다. 바로 그것이 기억이란 것인데, 이 기억은 때로 시 쓰기에서 추억이란 말로 바뀌어 나타나기도 합니다.

다시 한 번 강조하지만 인간에게 마음이란 것이 있다는 것은 커다란 축복이 아닐 수 없습니다.

은영 씨. 한번 눈을 감고 고요한 마음이 되어 은영 씨가 지금 쓰고 있는 방을 떠올려보세요. 아무것도 떠오르는 것이 없나요? 아닐 겁니다. 방 안의 모습이 훤히 떠오를 겁니다. 눈을 감고 나의 방에 한번 들어가 보겠습니다. 문을 열면 바로 건너편 벽에 책장이 보이고, 온갖 책들이 어지럽게 꽂혀 있습니다. 그 아래엔 얼룩덜룩한 빛깔의 이불이 깔려 있고, 그 앞엔 조그만 책상이 하나 놓여 있고, 주위에는 필기도구며 책, 종이 같은 것들이 또 흩어져 있습니다. 정확하진 않지만 커다란 물건, 중요한 물건이 어느 부분에 놓여 있는지는 대강 알 수가 있습니다.

이것이 바로 마음입니다. 마음이란 또 하나의 세상과 같다 할 것입니다. 세상에서 보고 듣고 겪은 것들을 차곡차곡 기록하고 간직하는 문서보관소 같은 것이 마음이에요. 그것을 우리는 기억이라고 부르지요. 실상 시는 현실의 그 무엇에서 곧장 나오는 것이 아니라 이 마음의 밑바닥에서부터 우러나오는 느낌에서 오는 것이에요.

이 마음을 형태로 바꾸어 말하면 네모진 상자와 같다고 볼 수 있겠습니다. 이것을 나는 '마음의 블랙박스'라고 부르고 싶습니다. 전후좌우 위치가 있고 깊고 얕은 깊이가 있습니다. 우리의 기억이나 추억도 이렇게 분명하게 위치나 깊이가 있는 건 아니지만, 우리 마음 깊숙이 어딘가에 잊힌 듯 가라앉아 있다가 어떤 계기가 되면 슬그머니 떠올라 줄 것입니다.

한 편의 글을 쓸 때도 글의 내용이나 소재에 관계되는 기억들이 마음속에 촘촘히 도열해 있다가 밖으로 나오도록 되어 있습니다. 그러나 이 말들이 밖으로 나와 글이 되려면 몇 가지 제약과 조건을 따라야 합니다. 첫째는 한 줄로 나와야 하고, 둘째는 일정한 질서에 따라 순서를 밟아서 나와야 한다는 점입니다.

마음의 블랙박스에는 조그만 문이 하나만 있습니다. 이 문으로는 낱말 하나씩만 나오도록 되어 있습니다. 그것이 바로 문장이고 글입니다. 그런데 이렇게 한 줄로 말이 밖으로 나올 때 문장의 종류에 따라 나오는 질서가 다르다는 것입니다. 소설이 사건의 질서(시간, 공간)를 따르고, 수필이 생각의 질서를 따른다면, 시는 감정의 질서를 따라서 나와야 합니다.

그러니까 급한 감정부터 밖으로 나오게 해야 한다는 것이지요. 이것을 자칫 생각이나 사건의 질서에 의존한다면, 벌써 그것은 시가 아닌 다른 글이 되고 마는 것이지요. 급한 감정부터 나오는 것을 이성적인 마음으로 조절하거나 억제해서는 안 됩니다. 편안하게 자유스럽게 놔두고 감정들이 밖으로 나오도록 도와주어야 합니다. 처음 글을 쓰는 분들은 이런 것부터 익혀서 연습하는 것이 좋겠습니다. 이것도 실은 하나의 능력이고 마음의 기술입니다.

오래

보고 싶었다

오래

만나지 못했다

잘 있노라니

그것만 고마웠다.

— 〈안부〉, 나태주

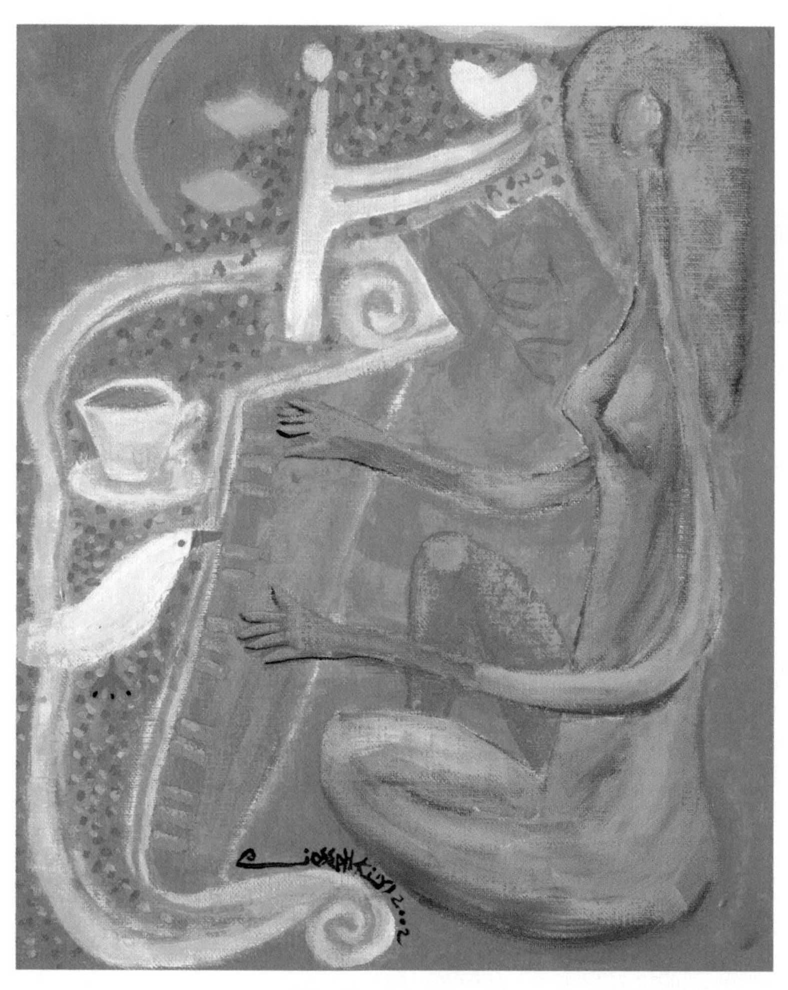

피아노 치는 여인, 몽우 조셉킴, 315×410mm, 캔버스 유채, 2002

아주 간결하고 쉬운 문장으로 된 작품입니다. 언젠가 20대 교사 시절에 가르친 여자 제자가 남편과 함께 부산에서부터 어렵게 찾아온 적이 있었습니다. 그들 부부를 만나 식당에서 식사를 하고 헤어졌지요. 그런데 사진도 한 장 남기지 못해 두고두고 섭섭했던 일이 있었습니다.

그때의 기억을 쓴 시인데, 이 시에서 보면 1행과 2행은 비슷한 구성으로 되어 있습니다. 다른 점이 있다면 '보고 싶었다'와 '만나지 못했다'입니다. 현실적으로 보아서는 오래 만나지 못했기에 보고 싶었던 것입니다. 그러나 감정은 '보고 싶었다'가 급했기에 '보고 싶었다'란 말이 먼저 나온 것입니다.

그리고 마음을 다스리고 격한 감정을 추스르는 입장에서 '잘 있노라니 그것만 고마웠다'가 뒤에 따라붙은 것입니다. 시란 이렇게 마음의 블랙박스에서 말이 나오게 할 때 감정의 질서 즉, 급한 감정부터 밖으로 나오게 하는 글인 것입니다.

마음의 블랙박스

감정

❶ 감정의 질서
❷ 한줄로 서서

꿀벌의 언어

오랫동안 시를 써 오면서 나의 시와 시에 쓰인 언어를 두고 생각하는 것이 있습니다. 그것은 나의 시와 나의 시에 쓰인 언어가 과연 뱀의 언어인가, 꿀벌의 언어인가 하는 것입니다.

어디까지나 성경적인 비유지만 뱀은 간교함과 속임수와 유혹의 상징입니다. 때로 지혜를 대신해주기도 하지만 대체로 뱀은 부정적인 의미를 지니고 있습니다.

그런가 하면 꿀벌은 부지런한 동물로 소개되며, 그가 생산해내는 꿀은 '젖'과 더불어 낙원의 표상입니다. 실지로도 꿀벌은 생명과 성실과 더없이 좋은 양식의 생산자로 자리매김되고 있습니다. 낙원(파라다

이스)을 '젖과 꿀이 흐르는 땅'으로 표현하는 걸 보면 아는 일입니다.

젖과 꿀은 가장 선한 식품입니다. 가장 아름답고 가장 깨끗한 식품이며, 생명을 생명답게 살리는 귀한 식품입니다. 젖은 소한테 나오지만, 꿀은 꽃한테서 나옵니다. 꽃은 세상 어디에나 흩어져 있습니다. 그렇지만 오직 꿀벌만이 그 꿀을 모을 줄 압니다.

시와 시인도 마찬가지입니다. 세상 어디에나 흩어져 있는 것이 시입니다. 때로는 버려져 있기도 합니다. 그 흩어지고 버려진 시들을 찾아낼 줄 아는 사람이 바로 시인입니다. 나아가 시로 표현하는 사람이 시인입니다. 그렇다면 나의 시와 나의 시에 쓰인 언어는 꿀벌의 언어인가, 뱀의 언어인가, 자성이 없을 수 없겠습니다. 마땅히 시인의 시와 시어는 꿀벌의 언어가 되고 꿀과 같은 언어가 되어야 함은 선결의 문제입니다.

앞에서도 말한 것처럼 꿀벌은 꽃밭을 헤매더라도 꽃에서 꿀을 찾아내어 제집으로 가져와 저장합니다. 양봉을 하는 사람들 말을 들어보면 심지어 꿀벌은 설탕을 먹여도 입에서 토해 내 놓을 때는 꿀을 내놓는다고 합니다. 놀라운 변신이요 능력입니다.

시인도 마찬가지입니다. 세상의 온갖 소음과 슬픔과 절망과 고통을 마시고서도 내어놓는 언어와 시는 꿀벌이 토해놓는 꿀과 같은 것이 되어야 합니다. 시인 자신도 꿀벌과 같은 역할을 해내야 합니다. 아예 꿀벌이 되어야 합니다.

꿀이 생명을 약속하고 사람을 살리는 좋은 식품으로 쓰이듯 시인의 시와 언어도 사람들의 영혼을 살리고 살찌우는 아름다운 양식이 되어야 하리라고 봅니다. 사람에게 용기와 격려와 기쁨과 축복과 만족을 주는 시, 드디어 행복에 이르게 하는 시를 꿈꿉니다.

혹여 뱀의 언어와 독이 되어서는 안 될 일입니다. 사람들에게 고통을 주고 절망과 스트레스를 주고 우울을 주는 언어가 되어서는 안 됩니다. 끝내 사람들을 힘들게 하고 죽음과 같은 극단에 이르게 할 것이기 때문입니다.

물 보면 흐르고

지난 2007년도, 큰 병에 걸려 6개월 동안 두 군데 종합병원에서 치열하게 앓던 때의 일입니다. 몇 달 동안 몸에 오줌 줄을 끼고 살았습니다. 병이 호전되어 오줌 줄을 뺐는데 오줌이 잘 나오지 않는 것이었습니다. 평소 오줌 누는 일은 그야말로 쉬운 일이었는데 오줌이 나오지 않으니 이거 큰일이구나 싶었습니다.

고민을 말했더니 수간호사가 와서 사람은 그럴 수가 있다고, 화장실에 가서 수돗물을 틀어놓고 쫄쫄쫄 물 흐르는 소리를 들으며 오줌을 눠보면 도움이 될 것이라고 일러주었습니다. 말을 듣고 그대로 해보았더니 정말로 오줌이 그런대로 나오는 거예요.

놀라운 마음이었습니다. 나는 어린 시절 강이나 저수지가 있는 곳으로 소풍을 가면 자주 남자아이들이 물가로 가서 오줌을 누던 일을 떠올렸습니다. 인간은 이렇게 무척이나 자연적인 존재이고 심리적으로 영향을 받는 생명체인 것입니다.

호르는 물 옆에 가면 오줌을 누고 싶은 마음. 그것은 물을 보면 물이 되고 싶은 마음입니다. 그때 떠오르는 시구절 하나가 있었습니다. 그것은 김영랑 시인의 작품 〈물 보면 흐르고〉의 앞부분이었습니다.

물 보면 흐르고

별 보면 또렷한

마음이 어이면 늙으뇨

이 얼마나 아름답고 빛나는 시구입니까? 우리는, 좋아서 시를 읽고 시를 쓰는 사람은 이것을 알아야 합니다. 세상에는 이렇게 사무치게 좋은 글이 있고 아무리 세월이 흘러도 변하지 않는 마음, 그런 시가 있다는 것을.

'물 보면 흐르고/ 별 보면 또렷한/ 마음'이기에 우리가 인간인 것입니다. 이것이 사람의 마음이고 자연의 마음이고 생명 그 자체의 발현입니다. 이러한 마음이 새를 보면 어찌할까요? 분명 날고 싶은 마음이 될 것입니다.

나아가 구름을 보면 높이 뜨고 싶은 마음이 될 것이고, 나무나 산을 보면 우뚝 솟아오르는 마음이 될 것이고, 들판을 보면 열리는 마음,

꽃을 보면 피어오르고 싶은 마음이 될 것입니다. 아, 이 얼마나 좋은 마음입니까! 이 마음이 시의 마음입니다. 시를 부르는 시인의 마음이고 시를 찾는 독자의 마음입니다. 그 마음의 중간 어디쯤에 은영 씨의 마음이 있고 나의 마음이 오두막집을 짓고 같이 살고 있습니다.

그렇다면 은영 씨. 우리가 비록 멀리 떨어져 남남으로 살아도 그것은 하나도 억울한 마음이 아닐 것입니다. 세상은 이렇게 다시금 '물 보면 흐르고/ 별 보면 또렷한/ 마음'입니다. 늙어도 늙지 않는 마음입니다.

*

은영 씨. 은영 씨 마음속에 한 소녀가 살고 있음을 은영 씨는 믿어야 합니다. 그 소녀를 깨워 밖으로 나오게 하십시오. 갈래머리 솜털이 보송보송한 볼을 가진 아이입니다. 조그만 바람에도 얼굴 붉히고 고개를 돌리는 아이입니다.

그 아이의 손을 잡고 길을 떠나십시오. 비록 은영 씨의 길이 어둡고 멀고 힘들다 해도 조금은 그 아이가 옆에 있어 덜 고달프고 덜 힘들고 덜 어두울 것입니다. 그것이 우리의 현명이요 아름다운 인생에 대한 책략입니다. 김영랑 시인의 나머지 시구를 읽어봅니다.

흰날에 한숨만

끝없이 떠돌던

시절이 가엾고 멀어라

안쓰런 눈물에 안겨

흩은 잎 쌓인 곳에 빗방울 듣듯

느낌은 후줄근히 흘러흘러가건만

그 밤을 홀히 앉으면

무심코 야윈 볼도 만져 보느니

시들고 못 피인 꽃 어서 떨어지거라

보리밥으로서의 시

내가 처음 공주로 학교를 옮겨 교직생활을 하던 시절의 일입니다. 아무래도 고향 서천에서 그대로 머물러 산다면 이도 저도 안 될 것만 같아서 일생일대 용단을 내려 직장을 옮긴 곳이 공주였습니다. 공주는 고등학교를 다닌 도시로서 청소년 시절부터 공주에 와서 사는 것이 나름대로 하나의 소원이다시피 했던 곳입니다.

옮긴 학교는 공주교대 부설초등학교. 1979년. 세 살짜리 아들아이와 갓 난 딸아이를 둔 이미 서른넷 중년의 사내였습니다. 초등학교 선생이 되어 시 쓰는 일만 열심히 했지 선생 노릇은 제대로 하지 않아 교직성장이 늦었는데 그걸 좀 해보려고 노력하며 살던 때였습니다.

당시 공주에는 나의 은사님들이라든지 문단의 선배들이 많았습니다. 그분들을 도우면서 열심히 문단 활동도 해나갔습니다. 언제든 앞장서는 일꾼이 필요한 세상. 그래서 앞장서는 일꾼이 되고자 했습니다. 자연스럽게 어른들과 어울리는 기회가 많았고 크고 작은 문단 행사에 심부름을 주로 맡았습니다.

그러던 어느 날의 일입니다. 나보다 몇 해쯤 선배 되는 사람 하나가 나를 보더니 정색을 하면서 말하는 것이었습니다. “이봐 나 선생, 내가 보기로 나 선생은 아무래도 보리밥인데 왜 공주에 와서 쌀밥 행세를 하고 그래?” 그것은 강력한 비난이고 비아냥거림이고 인격모독이었습니다. 나더러 보리밥이라고? 그런데 쌀밥 행세한다고? 그런 뒤로 나는 오래 동안 보리밥과 쌀밥에 대해서 생각을 하게 되었습니다.

예전 우리가 어렸을 때는 미역국에 쌀밥 한 그릇 말아먹는 것이 최상의 음식이었습니다. 그만큼 쌀밥이 귀했고 그립던 시절이 있었습니다. 그런데 요즘은 어떤가요? 사람들 사는 형편이 달라지고 음식도 기능성이 되고 특성화되어 보리밥도 특별대우를 받는 세상이 되었습니다. 어떤 경우에는 일부러라도 찾아 먹는 음식이 되었습니다.

‘내가 보리밥이라고? 보리밥이면 어떤가. 보리밥이라도 제대로 보리밥 노릇만 하면 되는 일이 아닌가.’ 그 뒤로 나의 생각은 많이 달라졌습니다. ‘보리밥. 일단 좋다. 보리밥으로 열심히 사는 거다. 내가 언제 쌀밥 흉내 낸 적이 있던가. 언제나 나는 마이너였고, 촌놈이었고,

지극히 작은 자였다. 소수파였다. 아니, 나는 언제나 그냥 나였을 뿐이다. 그것으로 만족하고 보람을 갖는다.'

시인들도 마찬가지입니다. 우선 자기가 보리인지 쌀인지 알아야 합니다. 나아가 밀인지 기장인지 수수인지, 그것도 아니면 팥이나 콩인지 헤아려 알아야 합니다. 그런 뒤에 자신의 본분에 충실해야 합니다. 그러할 때 좋은 시가 쓰입니다. 아니, 자기다운 시가 나옵니다. 거짓 없는 시입니다. 진정성이 있는 시입니다. 그럴 때 감동이란 것도 더불어 보장될 것이라고 봅니다.

언제나 나의 시는 보리밥으로서의 시입니다. 그건 앞으로도 그럴 것입니다. 쌀밥의 시가 휩쓰는 세상에 보리밥의 시로서 일관할 수 있었다는 건 그것 자체로서 한 성과이고 보람이고 배짱이라 할 것입니다. 나의 시가 조금이라도 성공했다면 그것은 보리밥의 시를 일관한 가운데 어떤 대목의 시가 남았기 때문일 거라고 스스로 생각합니다.

시한테 진 빚

사람은 누구나 자기 자신이 다른 사람들에게 좋은 사람으로 비쳐지기를 원합니다. 그래서 외향을 꾸미고 체면을 차리고 때로는 가면을 쓰기까지 합니다. 나란 사람은 체구가 작고 성격이 소심하고 나약한 편이기 때문에 얼핏 다른 사람들에게 괜찮은 인상 내지는 별로 경계하지 않아도 좋은 사람으로 비쳐질 수 있습니다.

과연 나는 괜찮은 사람일까? 젊은 시절 나는 무조건 내 자신이 괜찮은 사람이라고 생각하면서 살았습니다. 어쩌면 그건 스스로 당연한 일이고 미리 결정 내려진 일이었습니다. 그래서 일이 잘 안 되거나 문제가 생기면 그것은 내 탓이 아니라 오로지 남의 잘못이라고만 핑계

삼는 경향이 있었습니다.

대개 체구가 왜소하고 심약한 사람이 갖는 성격적 특성은 강자에게 약하고 약자에게 강한 성격입니다. 그건 나도 마찬가지입니다. 살아남기 위해서 그랬을 것입니다. 교직생활을 하면서도 사회생활이나 가정생활 가운데서도 늘 당당하지 못하고 의연하지 못했습니다. 조금은 비겁하기조차 했습니다.

타인에 대한 진정한 배려가 부족했고 독단적인 생각이나 행동이 많았습니다. 특히 가까운 사람, 친한 사람, 임의로운 사람에게 더욱 그랬습니다. 어려서는 외할머니한테 그랬고 선생을 하면서는 아이들한테 그랬고 결혼하고 나서는 아내나 자식들에게 그랬습니다. 참으로 후회스런 일이고 부끄러운 일입니다.

나만 아는 나, 내 안의 나는 결코 좋은 내가 아니고 당당한 내가 아닙니다. 정직한 나도 아니고 공평무사한 나도 아닙니다. 지극히 편견이 심하고 아집이 강하고 이기적인 인간입니다. 요즘 와서 측은지심이니 케어니 그런 말을 자주 하지만 역시 그쪽의 마음이 제대로 된 인간도 아니었습니다. 그렇다면 그러한 나를 위하여 나는 어떠한 노력을 하면서 살았던가?

그것은 '좋은 시 읽기'입니다. 좋은 시를 골라 읽음으로 자신의 내면의 어둠을 밝히고 비뚤어진 부분을 바로잡을 수 있었습니다. 정말로 좋은 시를 읽으면 바른 마음이 생기고 어두운 마음이 조금씩 밝아지고 삶에 대한 욕구도 생겼습니다. 그동안 살아오면서 만약 나에게 시 읽기마저 허락되지 않았다면 나는 어떤 인간이 되었을까요?

분명 지금보다 훨씬 형편없는 인간이 되었을 것입니다. 좋은 시 읽기는 내 마음의 평형을 잡는 일이었고 내 마음을 청소하는 일이었고 스스로 바르게 살아보려는 출구를 찾는 일이기도 했습니다. 살아오면서 시한테 진 빚이 많습니다. 고맙고 감사한 일입니다.

사람에게는 누구나 하고 싶은 말이 있고 그 마음속에는 잊혀지지 않는 기억이 있습니다.
이것을 나는 '인생의 옹이'라고 부르고 싶습니다.
시를 쓰기 위해서는 내 마음에 생긴 옹이를 찾아야 합니다.
옹이는 상처가 나은 자국, 즉 흉터입니다.
물론 다시금 건드리기에 아픔이 있겠지요. 피하고 싶겠지요.

그렇지만 그 아픔을 치유하는 방법은 그 옹이를 보다 적극적으로 들여다보고
그것을 성실히 글로 표현하고 마음에 다시금 담아내는 일입니다.
그래야만 옹이가 느슨해지고 흐려지고 끝내는 치유에 이르게 됩니다.
그런 점에서 글쓰기는 우리가 한편으로 살아남는 방법이기도 합니다.

2부 •

시에 대해서

백석의 "시인", 몽우 조셉킴, 530×455mm, 캔버스 유채, 2015

좋은 시

은영 씨. 이제부터는 본격적으로 시에 대해서 이야기해보고 싶군요. 첫 번째는 '좋은 시란 어떤 시인가'입니다. 정말로 좋은 시란 어떤 시일까요? 문단에서 평론가들이 좋은 시라고 평가하는 시가 좋은 시일까요? 아니면 문학상을 받거나 베스트셀러가 된 시집에 들어 있는 시들일까요?

생각은 여러 가지고 판단도 각양각색이겠지만 나는 한마디로 '사람에게 도움을 주는 시'라고 말하고 싶습니다. 사람의 삶이 그대로 말이 되고 그 말이 다시 시가 된다면 얼마나 좋을까요? 삶과 말과 시가 일체가 되는 세상을 꿈꾸어 봅니다. 그런 세상이야말로 정말로 좋은 세상이고 그런 삶과 말과 시는 정말로 좋은 것들이 될 것입니다.

모름지기 좋은 시란 아무도 모르는 내용, 자기만 아는 말로만 표현된 시가 아니겠지요. 보다 많은 사람들이 읽고 이해하며 저 맘이 내 맘이야 호응하며 감동을 받는 시일 것입니다. 누구나 다 아는 내용을 썼으되 그 표현이나 언어가 새롭고도 아름다워 스스로 감동할뿐더러 많은 독자를 울리고 감동에 떨게 하는 시가 좋은 시일 것입니다.

때로 우리는 좋은 그림을 보면 마음이 열리고 먼 것을 꿈꾸게 됩니다. 그리고 좋은 음악을 들으면 마음이 저절로 청정해지고 충만해집니다. 옛날 중국의 《삼국지》에 나오는 조조란 사람은 '진림의 글을 읽으면 머리가 맑아진다'고 말했다고 합니다.

바로 그것입니다. 그처럼 좋은 시를 읽으면 영혼이 맑아져야 합니다. 누가 읽으면 읽을수록 머리가 복잡해지는 시를 읽겠습니까? 만약 그렇게 주장하는 사람이 있다면 그것이야말로 억지요 공해입니다. 좋은 시란 좋은 음악을 듣고 좋은 그림을 보는 것 같은 효과도 더불어 있어야 한다고 봅니다.

무엇보다도 시는 인생의 발견, 아름다움의 발견이 있어야 하겠습니다. 나만이 느낀 충만한 감흥이 있되 그것은 또다시 충분히 일반성, 보편성을 가져야 합니다. 영혼을 울리는 언어가 되어야 합니다. 무릇 경전 가운데 핵심내용은 시로 되어 있음을 봅니다. 《성경》의 '시편' '잠언서' '아가서'가 그러하고 불교의 '오도송'이 그러하고 유교의 《시경》이 그러합니다.

나아가 좋은 시는 '격양가의 시'가 되어야 하리라고 봅니다. 역시나 옛날 중국의 요나라 시절, 50년 동안 나라를 다스린 요임금님이 백성이 어떻게 사는지 살피러 순행 길에 나섰을 때, 한 노인이 길가에 두 다리 뻗고 앉아 한 손으로는 배를 두드리고 한 손으로는 땅바닥을 치며 노래를 불렀다 해서 〈격양가(擊壤歌)〉지요.

> 해가 뜨면 일하고 해가 지면 쉬고
>
> 우물 파서 마시고 밭을 갈아먹으니
>
> 임금의 덕이 내게 무슨 소용이 있으랴.
>
> (日出而作/ 日入而息/ 鑿井而飮/ 耕田而食/ 帝力于我何有哉)

이는 정치에 관한 실례이지만 시에도 충분히 적용된다고 봅니다. 잘하는 정치란 것이 '느끼지도 못하고 알지도 못하면서(不識不知)/ 임금의 법에 따르고 있는 것(順帝之則)'처럼 좋은 시란 시를 잘 아는 사람들보다는 시를 모르는 사람들이 두루 그 시를 알고 부지불식간에 좋아해 주는 시여야 된다고 봅니다. 그렇습니다. 정말로 좋은 시란 시를 아는 사람보다는 시를 모르는 사람들이 알아주고 좋아해 주는 시입니다.

시는 숨길 수 없는 마음의 표정. 끝내 시인은 사라지고 시만 남아야 합니다. 그래서 그 시는 민요가 되어야 한다고 봅니다. 민요란 바로 '민중의 노래'란 말입니다. 민중의 마음의 표현이란 말이기도 합니다. 이 얼마나 높은 경지이며 그럴듯한 세계입니까!

찾아오는 시

시를 처음 공부할 때 시인은 시를 찾아가면서 공부를 해야 합니다. 선배시인들의 시를 읽고 베끼고 외우는 공부가 그것입니다. 시를 공부하고 시를 쓰고자 하는 사람은 그냥 시를 읽는 것만으로는 충분히 공부했다고 볼 수 없습니다. 여러 차례 읽기도 해야 하지만 좋은 시나 마음에 드는 시는 베껴야 하고 또 외워야 합니다. 그렇지 않고서 시를 제대로 공부했다고 말하기는 어렵습니다.

나는 지금도 좋은 시나 맘에 드는 문장이 있으면 노트에 베끼기를 좋아합니다. 젊은 시절엔 아예 시집을 통째로 베낀 일이 여러 번 있었습니다. 시인에게 시는 찾아가는 대상인가? 찾아오는 대상인가? 두 가지 모두라고 할 수 있을 것입니다. 일단 선행은 찾아가는 시이고 다음에는 찾아오는 시입니다. 끝에 가서는 시가 찾아오도록 해야 합니다. 시인에게 있어서 그것이 참으로 지난한 경지입니다.

은영 씨도 시를 쓰는 사람이니까 경험해 보았겠지만 시를 쓰다 보면 자기도 모르는 사이 생각지도 않았던 말들이 불쑥 떠오르는 걸 경험했을 줄 압니다. 그만큼 시의 문장이란 것이 지향성이 없고 감정적이고 흔들리는 문장이란 것인데 이것이 시를 시답게 하는 것이고 시의 가능성입니다. 이것이 또 찾아오는 시의 실례이기도 합니다.

어느 날 병상에서 아침을 맞은 환자라고 합시다. 창밖에서부터 들려오는 새소리를 들었는데 지금까지와는 전혀 다른 소리로 들리는 것입니다. 너무나 간절하고 아픈 느낌으로 새가 우는 것입니다. 왜 새는 저렇게 절박하게 애타는 소리로 우는 것일까? 세상에 나와 처음 들어본 소리처럼 들렸을지도 모르는 일입니다. 어쩌면 자신이 몸이 아픈 사람이기에 그렇게 들었을지도 모릅니다만 이것은 하나의 생명의 발견 수준입니다.

그것은 꼭 새소리에만 그치지 않습니다. 햇빛도 그렇고 구름도 그렇고 나무나 풀도 마찬가지입니다. 아! 그때의 감격을 기억해둘 일입니다. 이것이 바로 신이 우리 주변에 숨겨둔 비밀이며 보물입니다. 이러한 비밀과 보물을 성실하게 찾아내는 것이 우리의 시 쓰기 작업인지도 모르는 일입니다. 이때가 바로 새로운 시, 진정한 자기 시가 찾아오는 단계입니다.

다시 한 번 시인은 시와 인생과 자연 앞에서 겸허해야만 하고 부드러운 마음이어야 합니다. 이때의 마음 바탕은 비어 있는 마음이 기본이며 그 비어 있는 마음으로 시를 받아들일 준비를 해야만 합니다. 그래야만 시가 시인을 찾아오게 됩니다.

사람을 살리는 시

사람을 살리는 것은 음식과 물과 공기입니다. 때로 나는 시도 사람을 살릴 수 있어야 한다는 생각을 합니다. 오늘날 사람들은 너무나 많은 요인들로 스트레스를 받고 있고 불행하다 느낍니다. 이러한 사람들에게 어떻게든 시가 도움을 줄 수는 없을까 생각해봅니다. 그렇습니다. 밥이 되고 물이 되고 공기가 되는 시, 먹을 수 있는 시가 그리운 것입니다.

예전 농경사회 시절, 사회구조가 보다 단조로울 때는 인간에게 각성과 긴장을 주고 고독감과 우울감을 주는 시조차 효과적인 시, 좋은 시로 통했습니다. 심지어는 고통을 주고 고문을 하는 시까지도 중요한 시라고 평가되던 시절도 있었습니다. 난해한 시, 불해(不解)한 시,

병적인 시까지도 슬며시 인정받던 분위기였습니다.

그러나 지금은 천만의 말씀입니다. 사람을 살리는 시가 필요합니다. 그렇지 않고서는 시와 시인이 설 자리는 없습니다. 자화자찬의 시, 허장성세의 거짓 시, 근친혼의 시, 자기 자신도 모르는 언어로 쓰여진 주술과 같은 시로는 안 됩니다. 시인들이여! 부질없이 그대들만 아는 난해와 모순의 돌멩이로 돌담장을 높이높이 쌓지 마십시오. 그럴수록 독자들은 더욱 멀리 달아나게 되어 있습니다. 그야말로 그것은 헛되고 헛된 일생의 허송이며 노로(徒勞)일 따름입니다.

그대들의 시가 우리 삶에 무슨 도움이 된다 하겠습니까? 아니, 그대들 자신의 삶에 무슨 도움이 되었다 말하겠습니까? 부디 우리도 아는 이야기를 써주십시오. 부디 우리도 아는 말로 시를 써주십시오. 정말로 당신들의 시가 정말로 당신들이 알고 느낀 것을 썼는지 가끔은 의심이 간답니다. 이 같은 독자의 소리가 가까이 들리는 듯합니다.

이에 대한 대응은 이렇습니다. 읽어서 쉽게 이해되는 시, 인간의 삶에 도움이 되는 시, 나아가 위로와 기쁨과 축복이 되는 시를 써야 합니다. 험난한 오늘날 삶의 과정에서 받은 여러 가지 정신적 상처를 치유해줄 시를 써야 합니다. 끝내 행복감에 이르고 인생에서 승리하고 영혼의 구원까지 이르는 시를 써야 합니다.

정녕 그것이 그렇다면 독자들이 시를 멀리할 이유가 없고 시를 읽지 않을 까닭은 없는 것입니다. 시가 자기들 인생에 도움이 된다고 그럴 때 현명한 독자들은 제발 시를 읽지 말라고 해도 시를 읽을 것입니다. 끝내 사람을 죽이거나 고문하거나 괴롭게 하는 시가 아니라, 사람을 살리는 시가 필요합니다. 그런 시를 오늘날 독자들은 진정 원하고 응원하는 것입니다.

다시금 젖과 꿀과 같은 시를 생각합니다. 젖과 꿀은 지상의 식품 가운데 가장 아름답고 선하고 좋은 식품입니다. 신의 선물과 같은 것들입니다. 진정 나의 시가 그런 시가 될 수는 없는 일일까? 오늘날 시인들은 그런 소망을 가지고 시 앞에 나서야 합니다. 밥이 되고 물이 되고 나날의 삶에 힘이 되는 시, 어쨌든 희망이 되는 시, 인간에게 용기를 주는 그런 시가 그립습니다. 끝내는 그런 시가 우리 영혼의 음악과 그림이 되어줄 것이며 고달픈 인생의 길잡이가 되어줄 것을 믿습니다.

*

사람은 누군가를 사랑하거나 무엇인가를 좋아할 때도 자기의 필요 때문에 그러는 것입니다. 그쪽을 위해서 그러는 것이 아니라 내 쪽을 위해서 그러는 것입니다. 시도 마찬가지입니다. 사람들한테 필요한 시가 되어야 합니다. 사람들한테 사랑받는 시가 되어야 합니다.

한번은 이런 일이 있었습니다. 어느 저녁 시간 낯선 지방 음식점에 가서 밥을 먹는데 주인이 알아보고 사인을 해달라고 하기에 시를 한 편 쓴 다음 그 아래에 '항상 배고픈 사람들의 편이 되어주세요'라고 써 주었습니다. 주인이 그 뜻을 묻기에 이렇게 말해주었지요.

'배부른 사람은 누구도 밥집에 오지 않습니다. 밥집에 오는 사람은 한결같이 배고픈 사람들입니다. 음식점 주인이 그들 마음을 헤아리고 그들 편에 서준다면 손님이 끊임없이 올 것입니다. 그렇게 되면 돈을 많이 벌겠지요. 결국 이 말은 돈을 많이 벌라는 말입니다.'

그제야 음식점 주인은 고개를 끄덕이며 고맙다고 인사를 했습니다. 시도 마찬가지입니다. 시도 시가 고픈 사람들, 시가 필요한 사람들 편에 설 때 시도 흥하고 시인도 행복해질 것입니다. 그러면 독자들이 좋아 할 것은 두말할 것도 없겠지요.

신이 주시는 문장

은영 씨. 내리 여기까지 썼습니다. 어제오늘 눈이 많이 내리고 날씨가 춥습니다만 은영 씨의 화사한 미소를 떠올리며 이렇게 책을 쓰는 2016년 1월은 또다시 나에게 행복하고 가득하고 감사한 달입니다. 지금 내가 이렇게 멀리서 은영 씨를 생각하는데 은영 씨도 가끔은 나의 생각을 해준다면 얼마나 좋을까? 이러한 생각은 상상만으로도 우리 가슴을 따스하게 하고 얼굴에 미소를 떠올리게 합니다.

나는 영감이나 텔레파시와 같은 것을 믿는 사람이고 기적이나 신의 은총도 분명히 믿는 사람입니다. 여기서는 잠시 신이 주시는 문장에 대해서 이야기하고 싶습니다. 공자님이 편찬했다는 《시경》에 보면 '천지를 움직이게 하고 귀신을 감동시키는 데는 시보다 더 좋은 것이 없다(動天地 感鬼神 莫近於詩 — 毛詩序)'란 글이 나옵니다. 아마도 옛날부터 좋은 시는 이렇게 하늘과 땅과 신을 울리고 감동시켰던가 봅니다.

또 두보가 10년 연상인 동시대의 시인 이백을 두고 쓴 시에 이런 내용도 있습니다.

> 붓을 놓으면 비바람이 놀라고
>
> 시를 이루면 귀신이 흐느껴 운다
>
> (筆落驚風雨 詩成泣鬼神)

놀라운 찬사요 대단한 표현입니다. 이와 같이 옛날 사람들은 좋은 시를 두고 귀신을 감동시키고 울게 만들어야 한다고 말하고 있습니다.

나의 생각도 여기서 그다지 멀지 않습니다. 한 편의 시가 진정으로 성공하여 독자들에게 가려면 시의 전편은 아니라 해도 시의 어딘가에는 천지를 움직이고 귀신을 울리는 문장이 들어 있어야 한다고 생각합니다. 그것이 바로 신이 주시는 문장입니다. 다시 한 번 〈풀꽃〉이란 시를 예로 들어보아도 그렇지요. 그 시의 마지막 구절인 '너도 그렇다'가 바로 신이 주시는 문장이라고 감히 말하고 싶습니다.

어딘가 내가 모르는 곳에

보이지 않는 꽃처럼 웃고 있는

너 한 사람으로 하여 세상은

다시 한 번 눈부신 아침이 되고

어딘가 네가 모르는 곳에

보이지 않은 풀잎처럼 숨 쉬고 있는

나 한 사람으로 하여 세상은

다시 한 번 고요한 저녁이 된다

가을이다, 부디 아프지 마라.

—〈멀리서 빈다〉, 나태주

사랑에 빠진 어느 날, 몽우 조셉킴, 950×610mm, 캔버스 유채, 2015

마찬가지로 앞의 시에서도 마지막 구절이 바로 신이 주시는 문장입니다. 이 시를 쓸 때 나는 전혀 마지막 구절에 대해서 예상하지 못했습니다. 1연과 2연을 반복과 병치로 짝을 맞추어 쓰고 났는데 갑자기 마지막 한 구절이 불쑥 떠오른 것입니다. 아니, 나를 찾아준 것입니다. '가을이다, 부디 아프지 마라.' 이 마지막 한 줄은 앞의 내용과는 많이 동떨어지고 엉뚱한 표현입니다. 그러나 이 부분에서 시의 제목이 나왔고 시를 총괄하는 힘이 나왔습니다. 만약 이 시에서 이 부분이 없다면 이 시는 너무나도 평범하고 맥 빠진 시가 되고 말았을 것입니다. 이 시가 독자들을 감동시키는 것도 약간은 막무가내기로, 직구로 가는 이 한 줄 때문이라고 보아야 합니다.

분명 성공한 시가 되려면 신이 주시는 문장, 신의 음성이 들어 있는 부분이 있어야 한다는 이유가 여기에 있습니다. 어쨌든 시인은 신이나 자연이나 타인이나 세상 전반으로부터 영향을 받아서 시를 씁니다. 그 영향은 눈에 보이지 않는 것일 수도 있습니다. 그래서 나는 때때로 초등학교 학생이 선생님이 불러주시는 말을 공책에 받아쓰듯이 누군가가 불러 주는 말을 받아서 쓰는 심정으로 시를 쓰기도 합니다.

*

우리말 표현에 '만든다' '짓는다' '낳는다'는 단어가 있습니다. 모두가 생산한다는 것을 의미하는 단어인데 '만든다'는 생명력 없는 물건, 일테면 공산품과 같은 것을 제작할 때 사용하는 말이고, '짓는다'는 옷이나 농사나 밥을 만들 때 사용하는 말이고, '낳는다'는 생명력이 있는 존재, 말하자면 사람이나 동물이 새끼나 알을 생산할 때 사용하는 말입니다.

이러한 세 가지 말 가운데 시를 쓰는 것은 '낳는다'에 해당됩니다. 그만큼 시 쓰기는 생명력을 존중하는 인간행위이고 쓰여지는 시 자체도 생명체와 같이 그 어떤 것으로도 대신하거나 함부로 다룰 수 없는 엄숙성을 지니고 있기 때문입니다. 시를 쓰는 사람은 이러한 점을 십분 이해하고 생명력 있는 언어를 고르고 골라서 시를 이루어야 할 줄로 압니다.

모르는 만큼 느낀다

지난해 나는 생각지도 않게 여러 차례 외국여행을 했는데 여행길에 한 가지 새롭게 생각한 것이 있습니다. 사람은 무엇(대상)을 알고 느낄 때 더 많이 느끼는가, 아니면 모르고 느낄 때 더 많이 느끼는가에 대한 것입니다. 그러면서 1990년대를 풍미했던 유홍준 교수의 화두인 '아는 만큼 보인다'와 정조임금의 어록에 나온다는 '아는 만큼 행한다'는 문구를 염두에 두고 생각해보았습니다.

그렇지요. 보이는 것과 행하는 것은 아는 만큼 가능할 것입니다. 하지만 느끼는 것도 아는 만큼 느낄까요? 때로는 그 반대가 아닐런지요? 반론은 있겠지만 결론부터 말한다면 나의 입장은 모르고 느낄 때 더 많이 느낄 수도 있다는 것입니다. 적어도 무엇인가를 새롭게 보는 데는 모르는 것일 때 훨씬 더 효과적일 수 있다는 것이 나의 생각입니다.

우리의 일상은 날마다 평면적인 것이어서 엇비슷하고 반복적입니다. 그러기에 쉽게 따분함과 지루함을 느끼며 권태란 것도 거기서 나오는 정서적 반응입니다. 그러니 그 무엇도 새로운 것이 있을 리 없고 감동이 있을 리 없습니다. 다만 반복적이고 맹목적이며 무미건조한 생활이 있을 뿐입니다. 그래서 많은 사람들이 그날이 그날이라고 말합니다.

그러나 정말로 그럴까요? 이 세상 모든 것들은 똑같은 것이 하나도 없습니다. 특히 생명을 가진 것들이 그렇습니다. 일회성, 순간성이 생명의 속성입니다. 모두가 변하는 것들이며 하나밖에 없는 소중한 존재가 생명입니다. 그것은 우리 인간 자체가 그렇고 우리의 일상 또한 그러합니다.

그런데도 우리는 일상이 늘 같다고 생각하기 쉽습니다. 이건 정말로 우리가 일상과 사물의 본질을 몰라서 그런 것입니다. 날마다 맞는 아침을 예로 들어 생각해보아도 그렇습니다. 아침은 날마다 오는 것이지만 한 번도 같은 아침이 없습니다. 지상에 유일하게 오는 아침일 뿐입니다. 그걸 인간들만 관습적인 것으로 파악하는 겁니다.

이미 아침을 알지만 모르는 것처럼 아침을 맞이해야 할 일입니다. 그래야 새로운 아침이 되고 그 아침의 속살을 느낄 수 있습니다. 모르는 것은 미지입니다. 미지는 새로운 것이고 신선한 것이고 설레는 것이고 또 그리운 그 무엇입니다. 왜 날마다 새롭고 유일한 아침을 날마다 반복적인 엇비슷한 아침으로 맞이해야 하는 걸까요.

비록 낯익고 헐거운 것이라도 새로운 것으로 알고 대할 일이며 그 속에서 새로운 느낌을 찾고 새로운 삶의 질서를 발견하도록 애써야 할 일입니다. 당신의 일상이 날마다 똑같고 지루하기만 합니까? 그것은 당신의 시각이 낡고 우둔하기 때문에 그런 것입니다. 같은 대상이라도 바라보는 시각에 따라 얼마든지 달라진다는 것을 왜 당신은 모르시는지요.

그냥 줍는 것이다

길거리나 사람들 사이에
버려진 채 빛나는
마음의 보석들.

—〈시〉, 나태주

모든 것을 익숙한 것처럼 대하고, 아는 것처럼 여기는 것은 시 쓰는 사람에게는 적절한 대응방식이 아닙니다. 모든 낯선 것들은 번번이 서럽습니다. 생명이란 것의 본질은 순간순간 낯설고 어색하고 서러운 것들입니다. 그런 태도를 우리는 다시 한 번 어린아이들한테서 배워야 합니다. 인생을 보다 유익하게 사는 태도 가운데 하나가 주변에 있는 흔한 것, 작은 것, 늘 있는 당연한 것들을 소중히 알고 아끼며 그 안에서 새로운 의미망을 찾으며 사는 노력이라고 할 것입니다.

진정 시인은 낯익은 것, 낡은 것들 속에서 새로운 것을 발견해낼 줄 아는 능력을 지닌 자입니다. 감동 없는 현실 속에서 감동을 찾는 자입니다. 어린아이처럼 보고 듣고 느끼고 생각하는 사람이 시인입니다. 그런 입장에서 '모르는 만큼 느낀다'는 나의 억지 주장은 조금쯤 근거 이유를 갖는 것이 아닐까요. 이 말을 다시금 정리해서 말하면 이렇습니다.

'아는 만큼 보이고 모르는 만큼 느낀다.'

민들레 홀씨처럼

무릇 예술작품에는 인간을 이롭게 하는 덕성(德性)이 있어야 합니다. 사람을 이롭게 하는 성질이나 특징이 바로 덕성입니다. 그것은 시도 마찬가지입니다. 요즘 사람들이 힘들다고 그러지요. 그들의 말을 나의 말로 알아들어야 합니다. 내 이웃의 말로, 내 가족의 말로 알아들어야 합니다. 절대로 저들과 내가 다르다고 생각해서는 안 됩니다. 저들이 힘들면 내가 힘든 것이나 마찬가지입니다. 결코 나 혼자서만 편하게 살 수 있는 세상은 어디에도 없습니다.

이 시대의 시가 진정 어떠해야 하는지 생각해봅니다. 다른 시인의 시가 아닙니다. 나의 시가 세상 앞에 어떠해야 하는지를 생각해봅니다. 학생들에게 묻습니다. 오늘날 시가 어떠냐? 어떤 것이 시의 특징이라고 생각하느냐? 이구동성으로 말하는 말들을 종합해 그 합일점을 내보면 이렇습니다.

첫째, 시는 짧은 형식의 글이다.
둘째, 시는 어렵고 난해하다.
셋째, 그래도 시 안에는 무언가 좋은 내용이 숨어 있는 것 같다.

이를 토대로 오늘날의 시가 어떠해야 하는지 이상적인 시의 모습을 상정해봅니다.

아무래도 시는 짧은 형식을 가져야 하는 문장입니다. 그렇다면 '짧다(short)'에 첫 번째 방점을 찍습니다. 그다음으로는 시의 표현이나 문장이 좀 쉬워야 하겠습니다. 읽어서 쉽게 전달하는 시가 좋은 시입니다. 그렇다면 '쉽다(easy)'에 두 번째 방점을 찍습니다. 그런 다음엔 아무래도 그 구성이 단순명쾌했으면 좋겠습니다. 여기서 세 번째 방점을 '단순하다(simple)'에 찍겠습니다. 마지막 고려사항은 내용이나 주제의 심원성입니다. 그래서 네 번째 방점을 '근본적이다(basic)'에 찍겠습니다.

이렇게 짧으면서 쉽고 단순하면서 근원적인 시가 독자들을 찾아서 갑니다. 가능하면 몸피가 작고 가벼워서 멀리멀리 갔으면 좋겠습니다. 여린 바람에도 멀리멀리 헤엄쳐 날아가는 민들레 홀씨처럼 그렇게 날아서 될수록 많은 사람들을 향해서 가기를 희망합니다. 될수록 모르는 독자들, 미지의 독자들을 찾아서 가기를 소망합니다.

'나의 시여. 내 영혼의 언어여. 그들에게로 가서 그들의 고달픈 어깨에 부드러운 손을 얹어 위로와 축복이 되고, 그들의 답답한 가슴에 샘물을 만들어 기쁨과 감동이 되고, 그들의 옷깃에 꽃이 되어 사랑과 평화가 되어라. 그것이 나의 지상명령이며 그대에게 바라는 소임이다.' 이것이 내가 시에게 주문하는 바 덕성입니다.

시의 덕성

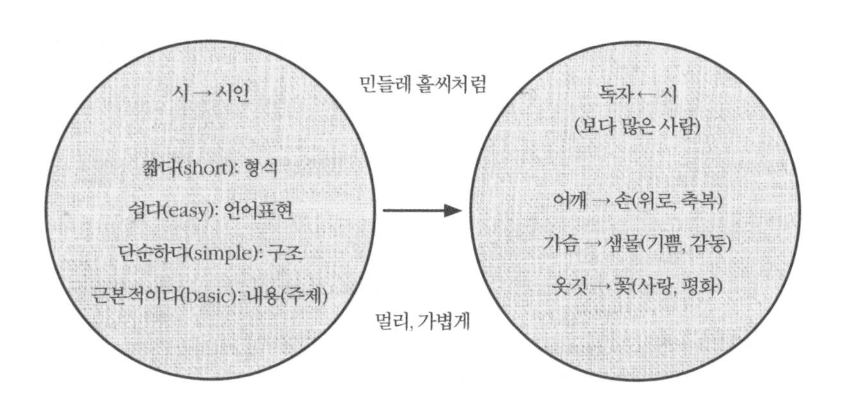

모든 시는 자서전이다

사람에게는 누구나 하고 싶은 말이 있고 그 마음속에는 잊혀지지 않는 기억이 있습니다. 이것을 나는 '인생의 옹이'라고 부르고 싶습니다. 시를 쓰기 위해서는 내 마음에 생긴 옹이를 찾아야 합니다. 옹이는 상처가 나은 자국, 즉 흉터입니다. 물론 다시금 건드리기에 아픔이 있겠지요. 피하고 싶겠지요.

그렇지만 그 아픔을 치유하는 방법은 그 옹이를 보다 적극적으로 들여다보고 그것을 성실히 글로 표현하고 마음에 다시금 담아내는 일입니다. 그래야만 옹이가 느슨해지고 흐려지고 끝내는 치유에 이르게 됩니다. 그런 점에서 글쓰기는 우리가 한편으로 살아남는 방법이기도 합니다.

정말로 죽을 것 같은 절망이나 슬픔이 있을 때 아무것도 하지 않고 거기에 빠져들어 침잠하는 것보다는 글로 표현하는 것이 백번 나을 때가 있습니다. 실로 나는 그런 경험을 많이 한 사람입니다. 번번이 누군가를 마음 깊이 사랑하고 그리워하여 당장에라도 보고 싶은 마음 도저히 못 견딜 때, 그 마음을 글로 쓰면 많이 위로받고 치유받았던 기억이 아주 많거든요.

그런 점에서 시는 나를 살리는 묘약이 되어주곤 했습니다. 그건 은영 씨도 마찬가지일 겁니다. 살다 보면 왜 안 그러겠어요. 숨이 턱턱 막힐 것만 같을 때가 있지요. 그럴 때 글을 쓰면 많은 부분 위로가 되고 안심이 되고 마음의 평안을 얻기도 할 것입니다.

다시 한 번 마음의 옹이로 말머리를 돌립니다. 시를 쓰려면 일단 마음의 옹이에 주목을 해야 합니다. 그것은 광범위하게 이야기해서 자기의 인생, 즉 살아온 길을 돌아보는 일입니다. 그러면 분명히 잊혀지지 않는 부분, 아픈 부분, 특별한 기억을 발견하게 될 것입니다.

그러면 거기에 내 마음을 집중적으로 보내어 그 주변을 맴돌게 합니다. 분명히 어떠한 느낌이 나올 것입니다. 느낌은 분명 빛깔이나 소리나 모양이나 냄새로 바뀌게 될 것입니다. 이것이 바로 이미지(심상, 마음의 형상)의 전초 단계입니다. 그런 뒤로는 그 느낌을 받아 말로 바꾸는 작업이 있어야 합니다.

눈에 보이는 듯한 말로 바꾸고 귀에 들리는 듯한 말로 바꾸고 손으로 만나지는 듯한 말로 바꾸어야 합니다. 그러니까 오감(五感)의 언어로 바꾸자는 말인데 이것이 바로 이미지화, 이미지 작업이지요. 이건 말로는 쉬운 것 같지만 실지로는 그다지 쉬운 일이 아닙니다. 많은 언어의 수련과 공부가 있어야 합니다.

공부는 교육과 다릅니다. 교육이 남이 시켜서 하는 일이고 다분히 억지로 하는 외발(外發)의 것일 수도 있지만(수동) 공부는 스스로 좋아서 하는 철저히 내발(內發)의 노력입니다(능동). 여러 차례의 반복과 집중이 필요합니다. 어찌 그것을 말로 다 설명하겠는지요. 그냥 좋아서 끝없이 하다 보면 저절로 알게 되는 것이 공부입니다.

어쨌든 이러한 인생의 옹이, 상처와 기억을 시인 라이너 마리아 릴케는 '추억'이란 말로 표현하기도 했습니다. 위의 내용과 과정을 정리하면 이와 같습니다.

자기 인생의 과거, 적극적으로 돌아보기

▼

옹이의 발견(상처, 체험)

▼

가장 잊혀지지 않는 부분 집중적으로 생각하기

▼

거기에서 나오는 감정의 무늬 살피기

▼

감정을 빛깔이나 소리, 모양, 촉감, 맛, 냄새(느낌)로 바꾸기

▼

다시 그것을 언어의 옷으로 입혀보기

결국 시는 인생을 기록하는 문장이고 자기 인생의 옹이를 표현하는 문장입니다. 그러기 때문에 모든 시는 자서전이라고 할 수 있습니다. 일생 동안 시인이 수많은 시를 쓰지만 어떤 의미에서는 동의어반복을 하는 것이고 자기의 상처 주변을 맴도는 것이 시라고 할 수 있겠습니다. 결국은 자기의 울타리를 넘지 못하는 것이지요.

이런 점에서 모든 사람의 가슴속에는 시가 이미 들어 있고 그러므로 모든 사람은 이미 시인이라고 할 수 있겠습니다. 하지만 그가 한 사람 시인일 수 있느냐 없느냐는 오로지 그 사람의 몫이라고 봅니다. 자기 마음속 시인을 드러내는 그 사람의 의지나 노력 여하의 문제이기 때문입니다.

*

시는 날마다 순간마다 주변에서 일어나는 사소한 느낌에서 출발합니다. 그런 느낌들을 대범한 마음으로 묵살해서는 안 됩니다. 자세히 관찰하고 마음에 담아야 합니다. 그런 다음에는 순간순간의 느낌을 놓치지 않고 기록하는 것이 중요합니다. 시인은 마땅히 그런 부지런함과 곰살맞음과 성실성이 있어야 합니다.

이런 때 동원할 수 있는 좋은 방법은 일기 쓰기입니다. 일기 쓰기라고 해도 사실이나 현상만을 기록하는 보통의 일기 쓰기가 아니라 감정을 주로 기록하는 감정일기, 감성일기를 권합니다. 어쨌든 시를 쓰는 사람은 기록을 잘하는 사람이어야 합니다. '적자생

존'이란 말이 있습니다. 다윈의 진화론을 설명하는 말을 빌려다가 우스갯소리로 하는 말인데 '적는 자(기록하는 사람)가 생존한다(살아남는다)'는 말이지요.

일찍이 다산 선생도 젊은이들에게 하는 충고의 말씀에서 부지런함과 녹차를 많이 마실 것과 함께 '기록하기를 좋아하라'라고 말했다고 합니다. 시인은 다른 의미에서 '쉴 새 없이 삶의 느낌을 기록하는 사람'이기도 한 것입니다.

마음 들여다보기

참으로 사람의 마음처럼 오묘하고 깊고 복잡한 것도 없지 싶습니다. 이 마음 하나 얻기 위해 스님들은 가족과 세상을 버리고 산으로 들어가 일생 수도에 몸을 던지기도 하지요. 정말 내 마음 나도 모르고 내 마음 나도 어쩔 수 없는 것이 우리 인간입니다. 자기 마음을 자기 마음대로 조정하거나 움직일 수 있는 사람은 이미 해탈한 사람이거나 성인일 것입니다. 자기 마음을 이기는 사람은 세상에서 가장 강한 사람이 될 것이겠고요.

우리의 시도 이렇게 복잡하고 까다로운 마음을 들여다보는 데서부터 그 발자국이 출발합니다. 마음 들여다보기. 이 또한 쉬운 일이 아닙니다. 우선 인간의 마음이란 것을 인정해야 합니다. 세상에 시간적으로 공간적으로 존재하지 않는 것이지만 마음이란 것이 있다는 것을 믿어야 합니다. 인간에겐 마음이 눈에 보이는 물질이나 사실보다 소중할 수도 있습니다. 우리가 행복하다 불행하다 하는 것도 모두 마음의 한 작용입니다.

그렇지요. 요즘 많이들 시달리는 우울증이란 것도 마음이 시켜서 하는 일입니다. 나 자신도 50대 후반 우울증을 앓아본 적이 있어서 압니다. 우울증이 얼마나 무서운 인간의 질병인가 하는 것을. 마음의 병이 육신의 병보다 더 크고 무서운 병입니다. 자 그럼 이러한 마음을 한번 같이 들여다보기로 하겠습니다. 이것이 또 시를 쓰기 위한 준비 과정입니다.

참으로 오묘하게도 우리 마음은 두 겹으로 되어 있습니다. 하나는 겉에 있는 마음, 딱딱하고 차갑고 이성적인 마음입니다. 또 하나는 그 안에 들어 있는 마음, 말랑말랑하고 따스하고 감성적인 마음입니다. 시인은 이렇게 자기 마음을 두 개의 마음으로 나눌 줄 아는 훈련부터 해야 합니다. 자기가 누군가를 많이 사랑하여 가슴이 답답하고 울렁거린다 합니다. 그러면 그 마음을 한번 들여다보시기 바랍니다.

과연 그 마음이 어떤 빛깔을 하고 있고 어떤 모양을 하고 있고 어떤 소리를 갖고 있는가? 처음에는 전혀 가늠이 되지 않을 것입니다. 그러나 자꾸만 그런 수련을 하면 그 마음이 그 어떤 형태나 소리나 빛깔, 촉감, 맛, 냄새로 바뀔 것입니다. 이것이 바로 느낌을 오감으로 바꾸는 훈련입니다. 고요한 마음이 필요하겠지요. 그리고 집중의 마음이 있어야 할 것입니다.

인간은 영력을 지닌 존재입니다. 이 영력이 인간의 언어를 불러오고 세상에 없는 마음을 보여주고 그 세계, 찬란한 파노라마를 또한 보여줄 것입니다. 자기 마음을 들여다본다는 것! 다시 말하지만 그것은 결코 쉬운 일이 아닙니다. 그러나 시를 쓰는 사람은 그 일부터 해야 합니다. 아니, 그 일을 할 수 있어야 합니다. 두 개의 마음을 두 개의 눈이라고 생각해봅니다. 한 개의 눈이 안에 있고 또 한 개의 눈이 밖에 있습니다. 밖에 있는 눈이 안에 있는 눈을 들여다봅니다. 그것이 자기응시, 내면응시입니다. 그것은 또 하나의 명상이기도 합니다. 이런 점에서 시 쓰기는 또 하나의 마음수련이 되기도 한 것입니다.

*

은영 씨. 구체적으로 시를 쓸 때는 자기 마음을 안을 줄 알아야 합니다. 아니, 안아야 합니다. 무엇으로 마음을 안습니까? 역시 마음은 마음으로 안을 수밖에 없습니다. 자기 마음을 사랑하는 사람의 몸이라고 생각해봅시다. 예쁜 아기이거나 항아리이거나 자기가 아끼는 어떤 물건이라고 합니다. 그 대상을 조심스럽게 안고 어루만져보십시오. 요모조모 들여다보십시오. 역시 마음으로 그래야만 합니다.

그러노라면 거기서 어떤 형태가 나오고 드디어 어떤 빛깔이 나오고 어떤 소리가 들리고 어떤 향기가 번질 것입니다. 그것들은 한 줄의 언어로 바뀌어 우리 앞에 설지도 모릅니다. 그렇게 되기까지 또 충분히 기다려야 합니다. 그것이 또 시 쓰는 사람의 능력이요 인내요 마음의 배려입니다. 이렇게 마음속 깊은 곳으로부터 우러나오는 말을 오래 동안 기다렸다가 받아쓰는 것이 진정한 시 쓰기의 출발입니다.

가는 봄이여 묵직한 비파를 부둥킨 마음

이것은 일본의 하이쿠 시인 요사 부손의 시입니다. 하이쿠는 한 줄짜리 시이고 몇 가지 규칙이 있기는 하지만 여기서는 그런 것을 말하자는 것이 아닙니다. 이 하이쿠를 통해 마음을 어루만지는 것을 암시받아 보자는 뜻으로 옮겨 적어보았습니다.

'가는 봄'은 분명 섭섭함의 대상입니다. 그런데도 시인은 가는 봄을 '묵직한 비파'에 비유하면서 그것을 부둥켜안고 있는 마음이라고 말하고 있습니다. 보이지 않는 봄을 보이는 것으로 바꾸었습니다. 이것이 구체적인 마음의 형상입니다.

비파는 소리를 내는 악기입니다. 현악기이므로 매우 부드럽고 섬세하면서 구슬픈 소리를 낼 줄 아는 악기일 것입니다. 그 비파의 소리가 봄의 소리와 겹쳐집니다. 형상과 함께 소리까지가 겹쳐집니다. 그것도 물러가는 봄입니다. 참 놀라운 상상입니다.

비파는 윗부분이 조붓하고 아랫부분이 둥글고 넓적한 형체입니다.

그런 악기의 모양을 시인은 은근슬쩍 풍만한 여자의 알몸에 비기고 있습니다. '묵직한 비파'가 바로 그것인데 이렇게 하나의 시적 대상(비파)을 이중의 의미로 사용하는 것을 중의법(重義法)이라고 합니다.

이것은 분명 마음속으로 찾아낸 봄의 실체입니다. 이렇게 보이지 않는 사물을 보이는 대상으로 바꾸는 작업이 바로 마음 들여다보기이고, 그것은 마음속으로부터 형태와 소리와 빛깔과 냄새까지를 찾아내는 작업이라 하겠습니다.

두 개의 눈(두 개의 마음)

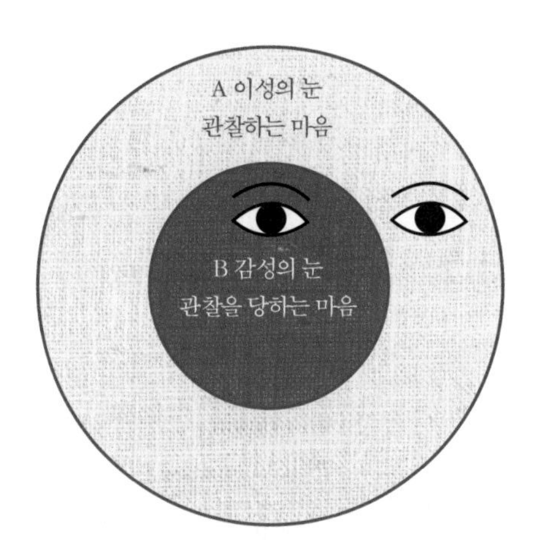

시의 출발은 중얼거림이다

자, 은영 씨. 이제부터는 직접 시를 써 보아야 할 차례입니다. 아무리 시를 오래 쓴 사람이라도 시를 쓰려고 하면 가슴이 막막해지고 울렁증 같은 것이 오기도 합니다. 그러나 무한정 피하고 삐뚜룸한 자세로 있을 수만은 없는 일. 어떻게든 시를 써내야 합니다. 대개 시라는 것이 글이기 때문에 문자언어로만 기록하는 것이라고 생각하기 쉬운데 시는 문자언어 이전에 음성언어입니다. 언어 자체로 보아서도 음성언어가 기본이라고 앞에서 말한 적이 있습니다.

그리고 시는 감정의 질서대로 말을 하는 것이고, 그 말은 한 줄로 차례대로 나오는 것이라 했으니 마음속으로든 실지로 소리 내서든 시의 문장을 외워볼 일입니다. 한 줄씩 서둘지 말고 마음속에 떠오르는 대로 맑은 마음, 고요한 마음을 견지하면서 중얼거려볼 일입니다. 그러다 보면 으스렁하게(엉성하게) 시의 꼴이 잡히는 수가 있습니다. 그것을 천천히 종이에 받아 적으면 시가 되기도 합니다.

그래서 시인은 시의 말문이 터야 하고 자기 나름의 어법이 있어야 합니다. 이것은 매우 중요한 일이지요. 이 말문과 어법은 나중에 그 시인의 문체가 됩니다. 일가를 이룬 시인들의 작품을 읽어보면 대번에 그 시인의 특성(개성)과 품격을 느낄 수 있는데 이것이 바로 문체에서 오는 향기인 것입니다. 그래서 그들의 작품을 골라 아무 작품이나 이름 가리고 제목 가리고 읽어도 그 시인의 것임을 알게 되는 것이지요. 이것이 또 시인의 아우라(aura)를 이루는 것이지요.

물리학자 뉴턴의 운동법칙에서도 보면 작용의 법칙과 반작용의 법칙의 완성은 상호작용의 법칙에 있습니다. 그것이 우주만물의 법칙이며 질서입니다. 문장에서도 상호작용의 법칙이 중요합니다. 주고받는 말 가운데 평화롭고 공평한 세계가 두루 열립니다. 그 구체적인 예가 대화법입니다. 혼자서 하는 말을 독백이라 하지만 그 독백도 자세히 살펴보면 그 근본은 대화로 구성되어 있음을 압니다.

자세히 보아야 예쁘다

오래 보아야 사랑스럽다

너도 그렇다.

은영 씨가 나에게 수화로 가르쳐주기도 한 그 〈풀꽃〉 시입니다. 언뜻 보면 혼자 하는 말 같지만 이 짧은 문장 속에도 주고받는 말이 있습니다. 작은 호흡(呼吸, 호: 날숨, 흡: 들숨)으로 끊어서 보면 이렇습니다.

자세히 보아야 -- 문(呼), 뱉는 말

예쁘다 -- 답(吸), 들이쉬는 말

오래 보아야 -- 문(呼), 뱉는 말

사랑스럽다 -- 답(吸), 들이쉬는 말

너도 -- 문(呼), 뱉는 말

그렇다 -- 답(吸), 들이쉬는 말

그러나 이것을 좀 더 큰 호흡으로 보면 이렇습니다.

자세히 보아야 예쁘다	문(呼), 뱉는 말
오래 보아야 사랑스럽다	답(吸), 들이쉬는 말
너도 그렇다	합(合), 함께 하는 말

대화. 참 좋은 인간행위이고 아름다운 세계의 열림입니다. 대화가 없는 곳에 불평이 있고 불화가 있게 마련입니다. 시에서도 문장 안에 대화가 있어야 합니다. 아니, 시의 문장 자체가 생명체이므로 대화입니다. 대화는 질서이고 자유이고 평등이고 평화입니다. 시인은 어쩌면 혼자서 끝없이 말을 하는 사람입니다. 혼자서 주고받으며 하는 말. 혼자서 하는 대화. 그 중얼거림 속에 시의 싹이 터서 자랍니다.

사물에게 말 걸기

만지지 마세요

바라보기만 하세요

그저 봄입니다.

— 〈그저 봄〉, 나태주

바라보다, 몽우 조셉킴, 315×410mm, 캔버스 유채, 2015

벌써 몇 해 전의 일입니다. 어느 봄날, 함께 일하는 처녀아이들이랑 한 식당으로 점심식사를 하러 간 일이 있었습니다. 그 식당 주변에 매화나무가 있었고 매화나무는 봄을 맞아 온몸에 매화꽃을 피우고 있었습니다. 장난삼아 내가 그 매화 한 송이를 따서 한 아가씨에 주었습니다. 그러자 그 아가씨가 말하는 것이었습니다.

"만지지 마세요."

그러자 옆에 있는 아가씨가 한마디 거들었습니다.

"바라보기만 하세요."

그 말을 듣고 내가 보탰습니다.

"그저 봄입니다."

이렇게 해서 시 한 편이 이루어졌습니다.

물론 이것은 완벽한 시, 짜임새가 좋은 시라고 볼 수는 없는 약간은 해학적인, 소품에 그친 작품의 예입니다. 다만 이렇게 일상생활의 대화 속에서도 시를 건져낼 수 있음을 설명하기 위해 들어본 예시일 뿐입니다. 시 쓰기의 출발에서 자기 혼자서 하는 대화, 중얼거림도 중요하지만 그다음으로 중요한 것은 사물과의 대화, 사물에게 말 걸기입니다.

사람들은 흔히 대화란 것은 사람끼리만 하는 것으로 알기 쉬운데 실은 그렇지 않습니다. 인간은 마음이 있는 존재이므로 이 마음을 동원하여 세상 만물과 대화할 수 있습니다. 실은 내가 혼자 말하고 혼자 대답하는 것이지만 나무와도 말할 수 있고 구름이나 새, 바람, 풀꽃, 개울물이나 산과도 말을 나눌 수 있는 것입니다.

나무를 한참 동안 바라보며 나무에게 한마디 해보십시오.

"자네, 참 오래 혼자 서 있네그려. 외롭지 않은가?" 그러면 나무가 대답을 해올 것입니다.

"나도 외롭지만 당신도 외로운 것 같소. 왜 그리 나만 빤히 쳐다보고 그러는 거요?" 이것은 실제로 나무가 하는 말은 아닙니다. 내 마음속의 또 하나의 내가 나에게 하는 말입니다. 이것이 바로 사물에게 말걸기입니다.

시인의 능력 가운데 가장 필요한 능력은 천지만물에게 내 마음을 보내어 그들의 마음과 나의 마음이 하나가 되게 하는 능력입니다. 이를 감정이입(感情移入)이라고 합니다. 이쪽의 감정이 저쪽으로 옮겨 들어간다는 뜻이지요. 이걸 영어로는 엠퍼시(empathy)라고 합니다. 때로 심퍼시(sympathy)란 말과 혼용하여 사용하는데 심퍼시는 동정, 연민, 동조의 뜻으로 이쪽의 마음과 저쪽의 마음이 완전히 동화되지 않은 채 이쪽의 마음 일부만 보내는 소극적인 마음의 행위를 말합니다. 그리고 엠퍼시는 보다 적극적으로 이쪽의 마음과 저쪽의 마음이 거의 하나가 되어 동질성을 갖는 것을 의미합니다. 공감(共感), 공유 정도가 그 뜻일 것입니다.

참고삼아, 엠퍼시와 심퍼시에 대해서 한 번 더 알아보면 다음과 같습니다. '심퍼시(동정)는 다른 사람의 곤경을 보고 측은함을 느끼는 수

동적인 감정이지만, 엠퍼시(공감)는 적극적인 참여를 의미하며 관찰자가 기꺼이 다른 사람의 경험의 일부가 되어 그들의 경험에 대한 느낌을 공유한다는 의미를 갖는다 하겠습니다.'

하늘은 날더러 구름이 되라하고
땅은 날더러 바람이 되라하네
청룡 흑룡 흩어져 비 개인 나루
잡초나 일깨우는 잔바람이 되라하네

— 〈목계장터〉 일부, 신경림

인용한 시는 사물에게 말 걸기의 좋은 예입니다. 위의 시에서 보면 '하늘'이 '날더러(시인)' 말을 하고 있습니다. 그 말을 시인이 독자에게 전하는 식으로 말하고 있습니다. '구름이 되라'고 합니다. 그리고 '땅은' '날더러' '바람이 되라'고 합니다. 이건 어불성설(語不成說)입니다. 어떻게 하늘과 땅이 사람한테 말을 하겠는지요? 시인 스스로 자기 마음속에 떠오른 하늘과 땅의 말을 받아서 쓴 것입니다. 결국은 시인의 말인 셈이지요. 이것이 바로 사물에게 말 걸기이고 엠퍼시입니다.

엠퍼시는 앞서 말한 공자님의 인이나 예수님의 긍휼히 여기는 마음, 석가모니 부처님의 자비심과도 상통하는 마음입니다. 측은히 여기는 마음(측은지심)이 바로 그것이며 안쓰러운 마음, 저 마음이 내 마음이야 하는 마음이 그 마음입니다. 이 마음이 사람을 살리고 세상을 살리며 시가 있도록 응원하는 든든한 버팀목입니다. 모름지기 시인은 자식이 아플 때 대신 앓기를 소망하는 우리의 어린 시절 자애로우신 어머니의 마음과 같아야 하며, 만물과 소통하기를 즐겨, 만물의 아픔과 슬픔과 기쁨을 함께하고자 하는 마음이어야 합니다.

정말로 시를 쓰고 싶으십니까? 그것도 맑고 깨끗한 좋은 시를 쓰고 싶으십니까? 그렇다면 인간들만 상대하지 말고 자연을 보다 더 많이 상대하십시오. 자연과 친하십시오. 인간의 편이 되려고만 하지 말고 가끔은 자연의 편이 되어보십시오. 내가 꽃의 주인이라고만 우기지 말고 꽃이 나의 주인이라고 거꾸로 생각해보십시오. 새나 산이나 나무나 구름이나 바람이 나의 형제요 부형이요 누이동생이라고 생각해보십시오.

저절로 새로운 마음이 샘솟고 눈부신 시어가 마음속에 떠오를 것입니다. 기어코 자연만물이 나에게 좋은 말씀을 선물로 퍼부어 주실 것입니다. 그것을 받들어 모시는 것이 우리의 시라는 것을 부디 잊지 마시기 바랍니다.

시의 첫 문장 떠올리기

옛날부터 어른들이 즐겨 쓰셨던 말 가운데 '인생사계(人生四計)'란 것이 있습니다. 인생에는 네 가지 계획이 있다는 말씀이지요. 하루의 계획은 새벽(아침 시간)에 있고, 1년의 계획은 원단(元旦, 정초, 1월)에 있고, 한 사람 일생의 계획은 부지런함에 있고, 한 집안의 계획은 화목함에 있다 하였습니다.

모두가 오래 묵은 말이지만 새롭게 새겨들을 말로써 그야말로 온고지신(溫故知新)이 되는 말입니다. 하지만 특히 글 쓰는 사람인 나에게 지침이 되는 말은 1년의 계획이 1월에 있다는 말씀입니다. 꼭 그래서 그런 것은 아니지만 나는 해마다 1월만 되면 두문불출 핸드폰도 끊어 버리고 집에 틀어박혀 앉아 책을 씁니다. 그동안 마음속으로만 다짐

두었던 책을 1월마다 한 권씩 씁니다.

올해도 이렇게 은영 씨에게 긴 편지로 시에 대해서 이야기하는 것이 1월입니다. 그만큼 1월이 중요한 달이란 얘긴데 적어도 1월만 지나면 책을 못 씁니다. 벌써 햇빛이 달라지고 기온이 달라지고 바람이 달라져서 책을 쓸 만큼 집중력이 떨어지는 것입니다. 이야말로 신비한 경험으로 1월이 주는 놀라운 축복이라 하겠습니다.

그것은 시의 첫 줄도 마찬가지입니다. 첫 줄이 제대로 빠지면 그 다음은 술술 제대로 쓰이게 되어 있습니다. 시의 문장이 꼭 오리 떼와 같아서 앞선 문장이 잘 나가면 뒤따르는 문장도 잘 따라가게 되어 있습니다. 젊은 시절 어디선가 '시의 첫 문장은 신이 주시는 선물'이라는 말을 들은 적이 있습니다. 그렇습니다. 시의 첫 문장은 선물과 같아서 문득 솟아난 디딤돌과 같습니다. 그 디딤돌을 잘 건너야 다음의 디딤돌도 잘 건너게 되어 있습니다. 시의 첫 문장이 그 시의 성패를 좌우하게 마련입니다.

시의 첫 문장을 떠올리기 위해서는 암중모색이 있어야 합니다. 그것은 마치 흐린 냇물에 손을 집어넣어 물고기를 잡아올리는 것과 비슷합니다. 주도면밀하고 섬세하고도 부드러운 손길이 있어야 합니다. 고기가 눈치채지 않도록, 도망가지 않도록 하는 세심한 배려도 있어야 합니다. 그런 다음엔 억세고 민첩한 손길로 잡은 물고기를 지상으로 끌어올려야 합니다. 시 쓰기에서는 종이에 글로 표현하는 과정입니다.

울컥, 치미는 마음이나 느낌이 있을 때는 그것을 예의 주시하고 그것을 놓치지 않을뿐더러, 그것을 재빨리 언어로 바꾸어야 합니다. 이 대목에서 게으름을 피워서는 안 됩니다. 어떤 때는 꿈결에도 시의 문장이 떠오를 때가 있습니다. 그런 때는 얼른 잠에서 깨어 종이를 찾아 그 문장을 기록해둬야 합니다. 그렇지 않고서는 시의 문장은 사라져버리고 맙니다. 역시 시인에게는 말씀에 복종하는 마음과 부지런한 태도가 겸비되어야 하겠습니다.

*

다시 한 번 시의 문장 떠올리기에 대해서 좀 말해보면 이렇습니다. 번번이 밝혔듯이 시의 소재는 감정입니다. 감정의 늪 속에서 떠오르는 심상(마음의 형상), 이미지를 잡아올리는 것이 시입니다. 이해를 돕기 위해 이런 비유를 한번 생각해봅니다.

우리가 어떤 과일을 솥에 넣고 삶는다고 합시다. 그 과일들은 적당하게 익으면 물 위로 떠오르는 성질이 있다고 그럽시다. 불을 피우는 시간이 지나자 드디어 과일 하나가 떠오릅니다. 국자 같은 기구를 이용하여 그것을 들어올립니다.

점점 빠른 속도로 여러 개의 과일이 위로 떠오릅니다. 과일을 삶는 사람의 기량이 발휘되는 것은 이때부터입니다. 여러 개가, 그것도 빠르게 익은 과일이 올라올 때 그것을 순서에 맞도록 하나도 빠트리지 않고 잽싸게 들어올리는 사람이 바로 일급의 일꾼이겠습니다.

바이올린 켜는 남자, 몽우 조셉킴, 315×410mm, 캔버스 유채, 2002

이때, 과일을 삶는 물은 감정이고 익어서 떠오르는 과일은 이미지이며 과일을 삶는 사람은 시인입니다. 이것 또한 하나의 비유적인 설명이라 하겠습니다.

마음의 재주넘기

예술 작품의 질을 따지고 그 성공 여부를 가름하는 것 가운데 하나가 형상화(形象化)입니다. 형상화란 무엇입니까? 한자 그대로의 뜻을 살피면 '형상'으로 '바꾼다'입니다. 형상이란 본래 눈에 보이는 현실적인 사물을 말하지만 예술 작품에서의 형상은 마음의 형상을 말합니다.

마음의 형상이란 영어로 말하면 이미지이고 그것을 불러오는 능력을 상상력, 즉 이미지네이션(imagination)이라고 합니다. 이미지는 우선 어떤 사물이나 사건한테서 받은 느낌으로부터 출발합니다. 느낌은 그냥 느낌이므로 형상이 없습니다. 이것을 구체적인 꼴로 바꾸는 작업이 필요합니다.

언어로 표현되는 시에서는 언어 자체가 간접표현이고 이차적인 표현수단이기 때문에 여러모로 불리합니다. 운명적으로 시각적인 요소(미술적 요소)와 청각적 요소(음악적 요소)를 자주 차용할 수밖에는 없습니다. 이것이 바로 시각이미지이고 청각이미지입니다. 일설에 의하면 시에서 사용되는 시각이미지는 모든 이미지 가운데 70퍼센트이고 청각이미지는 20퍼센트라는 말도 있습니다.

이미지란 말을 우리말 방식으로 바꾸면 심상(心象), 즉 '마음의 코끼리'가 됩니다. 코끼리가 어떤 짐승입니까? 크고 우뚝하고 분명한 짐승입니다. 심상도 마찬가지입니다. 코끼리처럼 '크고 우뚝하고 분명하게' 드러나는 마음의 형상이어야 합니다. 여기서 과장이 나오고 생략이 나오고 비약도 나옵니다. 분명히 필요한 요소만 남기고 거추장스러운 부분들은 과감하게 지워버리는 것입니다(중국의 유협(劉勰) 같은 사람은 《문심조룡(文心雕龍)》이란 책에서 심상을 신사(神思), 즉 '귀신의 생각'이라 말하기도 했습니다).

그렇다면 형상화란 것은 결국 이미지로 바꾸는 작업이고, 또 그것은 눈에 안 보이는 것을 눈에 보이는 것으로 바꾸는 작업이고, 귀에 안 들리는 것을 귀에 들리는 것으로 바꾸는 작업이 됩니다. 시에서 형상화 과정을 살피면 다음과 같습니다.

눈에 보이는 대상(현실, 사물, 삶)

▼

마음의 느낌(감정)

▼

이미지로 바꾸는 작업(상상력, 변용, trance)

▼

언어적 표현(시 작품)

형상화 다음으로 주목되는 것은 승화(昇華)입니다. 어떠한 상태에서 보다 높은 단계로 업그레이드시키는 것을 승화라고 말합니다. 궁핍과 고난의 과정에서 인생의 성공을 일구어낸 청년이 있다면 그 청년을 가리켜 삶을 승화시켰다고 말합니다. 마찬가지로 복잡하고 무질서한 감정세계를 정제시켜 한 단계 높은 정서세계를 이루었을 때 승화시켰다고 말합니다.

인간의 마음이란 쉽게 가늠이 되지 않는 그 무엇입니다. 어떤 때는 질정 안 닿게* 요동치고 어떤 때는 지나칠 정도로 적막합니다. 대개 시가 쓰일 때는 마음이 고요해지면서도 무엇인가가 저 깊은 속에서부터 솟구쳐오를 때입니다. 그런 때는 맑고도 향기로운 희열 같은 것이 가슴에 차오르기도 합니다.

이를 또 단계별로 설명하면 이와 같다 할 것입니다.

---

* 질정(質定)하다 : 갈피가 잡혀서 분명하게 정해지다.

진흙과 같은 상태(혼돈, 카오스)

▼

죽과 같은 상태(거친 감정)

▼

맑은 물과 같은 상태(선택된 감정)

▼

향기로운 물과 같은 상태(승화된 정서)

이는 마치 정유공장에서 원유를 가열하여 온도의 단계에 따라 여러 종류의 기름을 얻는 과정과 비슷하다 하겠습니다.

시 쓰기에서는 혼란스럽고 무질서한 현실과 삶을 소재로 삼아 보다 맑고도 향기로운 정서세계를 창출해내는 것이 언제든 중요한 과제로 대두됩니다. 그것이 진정 그러할 때 시다운 시가 되고 시인다운 삶이 약속될 것입니다.

정리해서 말한다면 형상화든 승화든 시 쓰기에서 중요한 것으로 다 같이 '이것'을 가지고 '저것'을 만드는 작업입니다. 그 과정을 통해 처음 것보다는 더 좋은 모습을 만들며 새로운 모습으로 태어나게 됩니다. 그렇지만 형상화가 수평적인 변화라면 승화는 수직적인 변화라는 점에서 다릅니다. 형상화와 승화, 그것은 환골(換骨) 탈퇴(脫退)로서 이노베이션(innovation, 革新)을 말하는 것으로 시 쓰는 사람이 늘 마음 깊이 고려해야 할 사항이라 여겨집니다.

| **TIP** |

시인의 직접 경험(삶, 체험)

▼

느낌, 감상이 생긴다

▼

의미로 바꾼다

▼

(글쓰기 과정에서) 이미지로 형성된다

▼

시로 나타난다

▼

(독자들의 책읽기 과정에서) 다시 이미지로 바뀐다

▼

느낌이 생긴다

▼

의미로 바뀐다

▼

간접경험으로 감동이 일어난다

짚신장수 아버지의 유언

어려서 외할머니한테서 들은 옛날이야기가 많습니다. 그 가운데 하나가 짚신장수의 이야기입니다. 아버지와 아들이 짚신을 만들어 파는 사람들이었다고 하지요. 둘이서 똑같이 짚신을 만들어 시장에 내다가 팔면 언제나 아버지가 만든 짚신이 아들이 만든 짚신보다 한두 푼 더 많이 받았다고 합니다.

왜 그랬을까요? 아들은 늘 그것이 이상해서 아버지한테 물었지만 아버지는 쉽게 가르쳐주지 않았다 합니다. 그런데 아버지가 나중에 돌아가시면서 유언 삼아 한마디 했다는 것입니다.

"털! 털!"

그것은 짚신을 다 삼고 나서 털을 뜯어 다듬어야 짚신값을 제대로

받는다는 가르침이었다는 것이지요.

그렇습니다! 짚신에서도 털을 뜯어야 하는 것처럼 시에서도 털을 뜯어야 합니다. 그래야만 시가 시다워지고 매끄러워집니다. 품위가 생깁니다. 어디까지나 언어가 몽글고 단아해야 하고 거친 말을 자제해야 합니다. 굳이 까다롭고 현학적인 표현을 즐길 일도 아닙니다.

간혹 시 창작 수업의 강연회에 나가서 수강자들의 시 작품을 보면 대체로 시가 길고 필요 없는 말이 많이 들어간 경우가 많습니다. 그리고 생각이나 사건이나 지식, 분석, 비판, 분노 같은 것을 시에 담고자 하는 경우를 봅니다. 시는 어디까지나 감정을 담아야 하는 글입니다. 생각은 수필한테 맡기고 사건은 소설에게 담고 분석이나 지식은 평론으로 돌려야 합니다. 그리고 비판이나 분노는 신문기사에 돌릴 일입니다.

한방(韓方)의 치료방법으로 일침(一鍼), 이구(二灸), 삼약(三藥)이란 것이 있습니다. 환자를 치료할 때 가장 급할 때는 침으로 다스리고, 그 다음은 뜸으로, 장기적 치료를 요구할 때는 약을 동원한다는 말입니다. 이를 문학에 적용해보면 침은 시이고 뜸은 수필이고 약은 소설과 같다고 할 것입니다.

침은 단방에 급소를 쳐서 병줄을 돌려놓는 방법입니다. 시도 마찬가지입니다. 망설일 이유가 없고 지지부진할 여유도 없습니다. 단방에 급소를 찾아서 쳐야 합니다. 그래서 시는 촌철살인(寸鐵殺人)과 같은 효과를 내야 한다고 말합니다. 긴 칼이 아닙니다. 짧은 쇠 도막입니다. 그걸로 급소를 쳐야 합니다. 이것은 사람을 죽이는 얘기지만 시에서는 사람 마음의 급소를 울려 감동을 얻어내자는 말입니다.

그래서 나는 시를 쓰고자 하는 분들에게 몇 마디 요약의 말을 들려주기도 합니다. 정말로 시를 쓰고 싶습니까? 그렇다면 다음의 말을 참고하십시오.

싸우듯이 쓰십시오.	▶	마음의 문제가 해결될 것입니다.
욕하듯이 쓰십시오.	▶	마음이 개운해질 것입니다.
외마디 소리 지르듯이 쓰십시오.	▶	울림이 강할 것입니다.
유언을 남기듯이 쓰십시오.	▶	자기 마음의 중요한 얘기를 내놓을 것입니다.

위의 네 가지 경우는 이성적 판단이나 알음알이, 생각이나 궁리로 시를 쓰지 말고 느낌으로 시를 쓰라는 말입니다. 그것도 보통의 느낌이 아니라 떨리는 느낌이요 격한 느낌, 격정입니다. 한 가지, 누구와 싸울 때를 생각해보십시오. 마음속 밑바닥에 숨어 있는 느낌이나 생각, 기억들이 아주 무질서하지만 힘 있게 솟구쳐오르는 것을 경험했을 것입니다. 사투리를 쓰지 않는 사람이 문득 어릴 적에 배운 사투리로 마구 지껄이는 때도 그런 때입니다. 이런 때 그런 말에 묻어나오는 말이 바로 영혼의 말이고 진정한 시어입니다.

마음의 에어포켓

어느 날 시 창작반의 강의시간에 수강생들에게 설명을 하는 동안 시를 두 편이나 썼습니다. 한 편은 〈동행〉이고 또 한 편은 〈행복·2〉란 시입니다.

> 어머니는 언제 죽나?
>
> 내가 죽을 때 죽지.
>
> —〈동행〉 전문, 나태주

처음 시의 제목은 '어머니'였습니다. 어머니는 자식에게 가장 위대한 이름이고 가장 성스러운 이름입니다. 비록 어머니가 돌아가신 뒤에도 자식의 마음속에는 그 어머니가 살아계십니다. 놀라운 일이고 눈물겹도록 아름다운 일입니다. 그런 어머니가 정말로 언제 돌아가십니까? 그 자식이 죽을 때 비로소 돌아가십니다. 이것은 너무나도 엄청난 비밀입니다.

그런데 시에서는 그런 세세한 내막을 밝히지 않았습니다. 무뚝뚝하게 투덜거리듯, 그것도 경어체도 아닌 막말로 '언제 죽나?' '죽지'라고만 써놓았습니다. 매우 불경스런 표현입니다. 그렇지만 그렇지가 않습니다. 그런 말씀의 내막 속에 자식이 모친을 생각하는 마음이 숨어 있습니다.

1행과 2행 사이 말입니다. 그 사이에 자식이 말로 다 하지 못하는 마음의 하소연과 비밀이 들어 있습니다. 하나의 고백입니다. 어쩌면 시는 마음속에 숨겨놓은 사실인 비밀을 드러내는 고백인지도 모릅니다. 여기에 하나의 에어포켓(공기주머니)이 숨겨져 있습니다. 애당초 그 에어포켓은 시인의 마음이 쉬었다 간 자리입니다. 슬픔과 외로움과 한숨이 놓인 자리입니다. 거기에 다시 독자의 마음이 들어가 쉬었다 가는 것입니다.

이렇게 시의 행을 다 이루어놓고 다시 읽어보니 제목이 '어머니'인 것이 너무나 뻔하다는 생각이 들었습니다. 돌이켜 생각해보니 돌아가신 어머니가 자식의 마음속에 들어와 함께 오래 사는 것도 하나의 동행이 아닌가 싶었습니다. 그래서 제목을 '동행'으로 바꾸어놓았습니다. 그랬더니 시가 그럴듯해졌습니다. 시 쓰기는 이렇게 서로 관계가 없을 것 같은 말들을 서로 연결하고 조합하여 새로운 의미와 새로운 분위기와 새로운 세계를 창출해내는 작업입니다. 그다음에 쓴 작품은 〈행복·2〉라는 시입니다.

어제 거기가 아니고
내일 저기도 아니고
바로 여기, 지금
그리고 당신.

—〈행복·2〉 전문, 나태주

겨우 네 줄이 전부입니다. 동사나 형용사 같은 꾸밈말도 없이 그냥 명사와 조사 몇 개와 접속사 하나가 있을 뿐입니다. 많이 머쓱한 작품입니다. 그래도 이 작품에는 나름대로의 생각이나 느낌이 들어 있습니다. 인생의 한 지침이랄지 깨침 같은 것도 있을 수 있습니다.

우리 인간은 항상 지혜롭지 못하여 지나간 날(과거)이나 오지 않은 날(미래)에 소망이나 가치, 행복의 근원을 두고 살아갈 때가 있습니다. 정말로 중요한 것은 지금(시간), 여기(공간)입니다. 그것에 충실하여 살 때 행복이란 것도 온다는 것이 평소 나의 생각입니다. 이걸 이렇게 짧고 간결한 글의 형태로 뭉뚱그려놓았습니다. 한 편의 시가 된 것입니다.

일찍이 알고 있었습니다. 톨스토이 같은 러시아 소설가는 세상에서

달과 여인, 몽우 조셉킴, 950×610mm, 캔버스 유채, 2015

가장 소중한 것 세 가지를 답하라 할 때, 첫째가 '지금 여기'요, 둘째가 '옆에 있는 사람'이요, 셋째가 '그 사람에게 잘해주는 일'이라고 말했다고 합니다. 이런 말을 가슴에 오래 간직하고 살다가 슬쩍 그 가운데에서 '지금, 여기'를 빌려다 써먹은 것이 앞의 시입니다.

그렇다면 표절이 아닐까요? 글쎄, 그렇다면 그렇고 아니라면 아니겠습니다. '해 아래에는 새것이 없나니 무엇을 가리켜 이것이 새것이라 할 것이 있으랴…….' 이것은 《성경》「전도서」의 한 구절입니다. 시는 읽는 사람의 뜻에 맡길 일입니다.

빗대어 말하기

은영 씨. 한 번쯤은 기독교의 《성경》이 비유(比喩)로 되어 있다는 말을 들어본 일이 있을 거예요. 《성경》은 예수님의 이야기요 천국에 대한 이야기인데 예수님의 이야기든 천국 이야기든 이 세상에는 제대로 그것에 대해 아는 사람이 없으니까 그것을 이 세상의 것으로 바꾸고 빗대어서 말해주는 거예요.

그래서 신자들은 천국엔 질병도 없고 근심도 없고 죽음도 없고 시련도 없는 곳이라고 믿고 있어요. 또 일하지 않아도 되고 죽지 않아도 되는 영생의 나라라고 믿고 있지요. 여기서는 천국이나 예수님 말씀의 진위를 따지자는 게 아니에요. 다만 비유에 대해서 설명하기 위해 《성경》의 예를 들었을 뿐이에요.

이렇게 비유는 '바꾸고 빗대어' 말해주는 시의 표현이에요. 무엇인가를 아는 사람, 보고 듣고 경험한 사람을 A라고 합시다. 그리고 그러지 못한 사람, 모르는 사람, 보고 듣고 경험하지 못한 사람을 B라고 합시다. A가 B에게 무엇인가를 설명할 때 B가 아는 것들을 예로 들어서 설명하는 것이 바로 비유에요.

> 얼치기로 시 공부를 한 사람보다는 아예 시 공부를 하나도 하지 않은 사람이 더 나을 수 있다. 그것은 마치 잡목이 엉겨 붙은 밭을 일구어 과수원으로 만드는 것보다 그냥 자갈밭을 일구어 과수원으로 만드는 것이 더 나은 것과 같다.

이것은 시 쓰기와 시 공부에 대한 나의 생각을 정리한 내용이에요. 여기서도 비유를 찾을 수 있어요. '과수원'은 '시'로 비유되었고 '잡목이 엉겨 붙은 밭'과 '자갈밭'은 '시 공부하는 사람'으로 비유되었어요.

이렇게 비유란 그다지 어려운 것도 대단한 것도 아니에요. 글을 자꾸만 쓰다 보면 자연스럽게 몸에 익힐 수 있는 능력이에요. 능력에는 아는 능력(學, 知)과 할 수 있는 능력(習, 行) 두 가지가 있다고 나는 이야기해요. 비유에 대한 표현도 아는 능력보다 할 줄 아는, 표현할 줄 아는 능력이 더 중요하다고 봐요.

결국 열심히 글을 써보는 수밖에 다른 길이 없어요. 직유(直喩)다, 은유(隱喩)다, 그런 말들도 아는 것만 가지고서는 안 돼요. 글을 쓰는 실제의 과정에서 저절로 알아가기를 권해요. 더구나 메타포(은유)와 같은 말은 더욱 낯설고 어렵기만 할 거예요.

자연현상을 보거나 들으면서 사람의 모습이나 음성을 떠올렸다거나(A: 자연 → 인간), 사람을 보면서 자연의 그 어떤 것을 떠올렸다면(B: 사람 → 자연) 벌써 그것은 비유법이 시작된 것입니다. 가을날 들길에 피어 있는 '코스모스'를 보고 '청초한 아가씨'라고 말할 때가 A의 경우이고 '노래하는 소녀'를 보고 '꾀꼬리'라고 말하는 경우가 B인 것입니다. 이것은 모두가 비유법의 한 예입니다.

이것은 소리 없는 아우성
저 푸른 해원을 향하여 흔드는
영원한 노스탤지어의 손수건
순정은 물결같이 바람에 나부끼고
오로지 맑고 곧은 이념의 푯대 끝에
애수는 백로처럼 날개를 펴다
아! 누구인가?
이렇게 슬프고도 애달픈 마음을
맨 처음 공중에 달 줄을 안 그는.

— 〈깃발〉 전문, 유치환

이 글은 아주 많은 비유의 문장을 담고 있습니다. '①소리 없는 아우성, ②영원한 노스탤지어의 손수건, ③물결같이 바람에 나부끼고, ④이념의 푯대, ⑤애수는 백로처럼 날개를 펴다, ⑥슬프고도 애달픈 마음' 등이 그것입니다.

그런데 비유되는 대상을 직접 표현한 경우는 ③⑤번이고, 간접적으로 표현한 경우는 ①②④⑥번입니다. 같은 비유의 표현이지만 비유되는 대상을 드러낸 ③⑤번을 우리는 직유라 하고 ①②④⑥번과 같이 숨겨서 표현하는 방법을 은유라 합니다.

그러나 이런 것들을 이론적으로 열 번 아는 것은 그다지 중요하지 않습니다. 자꾸 하는 얘기지만 시 쓰는 능력은 아는 능력이 아니라 실지로 할 줄 아는 능력에서 나오기 때문입니다. 실제 시 쓰기를 통하여 자기가 직접 실천하고 표현해보는 것이 훨씬 낫다는 것을 아셨으면 합니다. 뒤에 인용하는 시들을 보면서 은영 씨 스스로 시에 밑줄을 그으며 비유의 표현(직유와 은유)을 찾아보면 좋겠습니다.

A

머리가 마늘쪽같이 생긴 고향의 소녀와
한여름을 알몸으로 사는 고향의 소년과
같이 낯이 설어도 사랑스러운 들길이 있다

그 길에 아지랑이가 피듯 태양이 타듯

제비가 날듯 길을 따라 물이 흐르듯 그렇게

그렇게

— 박용래, 〈울타리 밖〉 일부

B

내 마음은 호수요

그대 노 저어 오오

나는 그대의 흰 그림자를 안고 옥같이

그대의 뱃전에 부서지리다.

— 김동명, 〈내 마음은〉 일부

*

은영 씨. 나의 〈풀꽃〉 시를 특별히 좋아할뿐더러 공주풀꽃문학관을 여러 차례 방문해준 분 가운데 고위직공무원으로 국세청 차장으로 있는 김봉래란 분이 있습니다. 그분과 대화하는 도중 나는 그분으로부터 '우리는 세금이라고 쓰고 복지라고 읽습니다'라는 말을 들었습니다. 곧바로 나는 그 말의 뜻을 알아듣지 못했지요. 한참 후에야 말의 진의를 깨닫고 감동을 받은 바가 있었습니다.

'복지정책을 잘 펼치려면 세금을 많이 거두어야 합니다'라든지 '세금이 바로 복지입니다'라고 말했다면 쉽게 알아들었을 텐데, 이렇게 한 단계 비틀고 건너고 간접적으로 표현하니 잘 알아들을 수 없었던

꿈꾸는 남자, 몽우 조셉킴, 220×275mm, 캔버스 유채, 2004

것이지만 그 대신 예상 밖의 감동을 얻어낸 것입니다.

더구나 '세금은 복지다'라고 직접 대고 말했다면 너무나 무미건조한 표현이 되고 말았을 것입니다. 비틀고 간접적으로 빗대어 말하기. 이것도 하나의 시적인 표현이라 하겠습니다. 이렇게 무미건조한 말을 저렇게 맛깔스런 말로 바꾸어놓은 것도 하나의 시적인 언어 표현이라 할 것입니다.

시는 빼셈이다

수학시간에 배운 대로 우리네 인생에도 네 가지 셈법이 있습니다. 더하기, 빼기, 곱하기, 나누기. 네 가지 셈법 가운데 사람들이 제일로 좋아하는 셈법은 곱하기이지요. 횡재와 투기가 여기에 속합니다. 로또 복권 당첨과 같은 인생을 꿈꿉니다. 뻥튀기입니다. 젊은 시절 누구나 한 번쯤 생각해보았음 직한 인생의 셈법입니다. 그러나 잘못되는 날에는 나락(奈落)에 빠질 수도 있습니다.

그다음으로 선호하는 셈법은 덧셈의 인생입니다. 근면 성실한 보통 인간들이 갖는 셈법입니다. 무엇이든 많아지고 좋아지고 성장하고 보태지는 것이 더하기 인생입니다. 정성을 요구하며 점진적인 치부와 번영이 약속됩니다. 곱셈보다는 안정감이 있지만 느린 것이 좀 답답

할 것입니다.

가장 기피하고 싶은 인생은 뺄셈의 인생입니다. 상실과 아픔, 질병과 상처, 실패한 인생이 여기에 속합니다. 우리네 일상에 언제나 좋은 날 맑은 날만 있는 것이 아니라 흐린 날 비 오는 날도 있는 것처럼 뺄셈의 인생도 때로는 있게 마련이어서 끝까지 도망치지 못할 경우가 있습니다.

그다음으로 쉽게 이해가 잘 되는 인생은 나눗셈 인생입니다. 보통 사람은 실천하기 어려운 인생의 셈법이지요. 희생과 봉사와 베풂음과 어질음, 덕스러움이 여기에 속합니다. 사랑도 여기에 속합니다. 나누어 주지만 그것은 아주 소진되어 사라지는 것이 아닙니다. 나누어진 것은 확대되고 재생산되어 더욱 커지고 많아지는 신비가 있습니다.

이상 네 가지 셈법을 앞에 두고 생각해볼 때, 시는 단연코 뺄셈에 속합니다. 뺄셈을 잘 해야 시가 시다워지고 품격이 붙습니다. 생명력 또한 오래갑니다. 임팩트, 감동이 증폭되는 것도 시의 뺄셈에 의한 효과입니다.

정말로 시에서 뺄셈은 중요합니다. 그것은 시가 살아남을 수 있느냐 죽느냐와 관계가 깊습니다. 사람도 살이 많이 찌면 살빼기 작업으로 다이어트란 것을 합니다. 물이 귀한 사막의 어떤 식물들은 때로 자기의 가지를 스스로 잘라내어 최악의 상태를 모면한다고 합니다. 보통 온대지방의 나무들도 가을이 깊으면 몸 안의 물을 내보냅니다. 그래서 겨울에 얼어 죽지 않고 살아남습니다.

시에서의 뺄셈도 이와 같습니다. 죽느냐 사느냐가 거기에 달려 있습니다. 생존 그 자체입니다. 모든 좋은 시, 아름다운 시, 명편의 시들은 이 뺄셈에 성공한 시들입니다. 더 이상 뺄 것이 없을 때까지 빼내어 가벼워지는 시는 그다음에는 나눗셈으로 나가야 합니다. 될수록 멀리 가서 될수록 많은 사람들에게 친구가 되고 동행이 되어주어야 합니다. 그것이 좋은 시가 가야 할 마지막 단계입니다.

시는 또 세밀화보다는 약화에 속합니다. 쓱 하고 그린 그림, 약화가 세밀화보다 더 울림이 클 때가 있습니다. 그것은 시의 경우도 마찬가지입니다. 그러나 약화라 해서 무턱대고 많은 부분을 생략한다는 건 아닙니다. 얼마만큼 생략할 것인가? 생략하더라도 기본 형태에 손상

A 산문=세밀화(윤문영 화백 그림)　　　B 시=약화(윤문영 화백 그림)

이 가지 않을 만큼만 생략해야 합니다. 다리(교량)로 비유한다면 산문이 튼튼한 돌다리라면 시의 문장은 단연코 위험할 수도 있는 징검다리라 할 것입니다.

다시 한 번 시 쓰기에서 중요한 것은 뺄셈임을 잊지 말아야 합니다. 무엇을 빼고 무엇을 남길 것인가? 꼭 남길 만한 말은 남기되 가능한 한 많은 말을 빼내야 합니다. 시 쓰기가 자꾸 줄여나가는 조각의 방법이라면 산문쓰기는 점점 붙여나가는 조소의 방법입니다. '시는 뺄셈이고 또 약화이고 징검다리이고 조각의 방법이다.' 시 쓰는 사람이 여기까지 알고 나면 제법 많이 안 것이 됩니다. 그다음부터는 스스로 갈 길을 알아서 멀리까지 새로운 것들을 찾아서 가야 할 일입니다.

안고수비

사자성어 가운데 안고수비(眼高手卑)란 말이 있습니다. 보는 눈은 높은데 실지로 자기가 손으로는 실천하지 못한다는 뜻입니다. 요즘의 우리의 정신과 삶의 실상이 그렇지 않은가 모르겠습니다. 앞의 어떤 글에 쓰기도 했지만 사람의 능력에는 '아는 능력'과 '할 줄 아는 능력'이 있습니다. 아는 능력은 지적인 능력이고 머리로 아는 능력입니다. 그러나 할 줄 아는 능력은 몸과 마음과 영혼으로 아는 즉, 총체적인 능력입니다.

요즘 사람들은 대개 머리만 발달하여 가분수로 자란 군상들입니다. 지식으로 아는 것은 많은데 생활과 실천과 몸으로 아는 것은 많이 부족합니다. 그러니 여러 가지로 부조화가 일어나는 것입니다. 학교 교육은 물론이고 현실생활, 사회생활 전반이 그러하고 예술이나 학문에서도 마찬가지입니다.

시를 쓰고 그림을 그리고 노래를 부를 때, 어떻게 머리로 알고 입으로 말하는 것으로 감당할 수가 있겠습니까! 철저히 그것은 몸으로 아는 일이고 손으로 체험해서 할 줄 아는 일입니다. 어떤 때는 지식으로 많이 알지 못하는 것이 더욱 도움이 될 때가 있습니다. 그것은 인생에 있어서도 마찬가지입니다.

인생이란 책으로 지식으로 아는 그 무엇이 결코 아닙니다. 철저히 몸으로 겪어서 아는 일이요 세월의 값을 지불해야만 얻어지는 하나의 비의(秘意) 같은 깨달음인 것입니다. 옛날 어른들은 책을 한 권도 읽지 않았지만 인생이란 것을 잘도 살아내셨습니다. 그렇습니다. 인생이란 기어코 살아내야만 하는 엄숙한 것입니다. 그냥 건성건성 사는 것이 아닙니다. 더구나 살아지는 건 아닙니다.

살아지는 인생 ▶ 살아가는 인생 ▶ 살아내는 인생

인생이든 학문이든 사업이든 아는 능력만 가지고선 절대로 안 됩니다. 남의 이론으로는 더욱 어림도 없습니다. 자기의 것이어야만 합니다. 시 쓰기에 있어서는 더더욱입니다! 시 쓰기는 처음부터 끝까지 지식으로 아는 것이 아니고 몸으로 아는 것이어야 합니다. 체득해서 아는 것입니다. 그렇기에 시작법 같은 책은 차라리 읽지 않는 편이 좋겠습니다. 읽었다 해도 하루 빨리 잊어주는 것이 상책입니다.

시 쓰는 사람은 다른 시인의 시를 읽을 때도 겸손하고 부드럽고 친절하게 읽어야 합니다. 까다롭게 따지고 분석하고 깔보는 태도로 읽으면 백해무익입니다. 상대방 시인의 입장에서 감정이입으로 읽어야 합니다. 왜 그럴까 보다는 그래서 얼마나 힘들고 아팠을까 느끼면서 읽어야 합니다. 그래서 시인의 마음을 내 것으로 하고 시인의 마음을 따라 고달픈 인생길을 함께 떠날 수 있어야 합니다. 시기나 질투의 마음보다는 선망의 마음이 좋겠습니다.

그리하여 한 시인의 시를 읽어내면서 그 시인의 좋은 점을 충분히 발견하고 내 것으로 삼을 줄 알아야 합니다. 애당초 시 쓰는 시인의 시 읽기는 지극히 동정적인 시 읽기요, 동병상련 내지는 측은지심의 시 읽기요, 배우는 사람으로서의 시 읽기입니다. 그래서 충분히 전리품(戰利品)을 챙겨 가지고 나와야 합니다. 비평가를 흉내 내면서 다른 시인의 시에서 트집을 잡으면서 시 읽기를 해서 무엇을 얻겠다 하겠는지요!

차라리 시인의 시 읽기는 울면서 떨면서 하는 시 읽기입니다. 따지면서 비평하면서 분석하면서 하는 시 읽기가 아니고 감동하며 배우면서 느끼면서 하는 시 읽기입니다. 그러므로 시인은 안고수비의 결정적인 함정에서 조금씩 빠져나오는 길을 만날 수 있을 것입니다.

글이 막혔을 때

아무리 글을 오래 쓰고 글쓰기에 능숙한 사람이라 해도 글이 콱 막힐 때가 있습니다. 그럴 때는 참 난감하지요. 글이란 것이 내 뜻대로만 되는 게 아니라 제 뜻대로 되는 부분도 있어서 그렇지요. 시의 경우는 더욱 그렇습니다. 일단 숨통이 막히고 글의 길이 비틀어지면 더는 진행하기가 어렵습니다.

글이란 것이 죽어 있거나 박제된 것이 아니라 살아서 숨 쉬고 움직이는 생명체이기 때문에 그렇습니다. 살살 달래가면서 눈치 보아가면서 글을 쓸 필요가 있습니다. 글 쓰는 사람의 심신이 피곤해서도 안 되지요. 상쾌한 마음 조건이 필요하고 조용한 주변 환경이 마련되어야 합니다.

희망에 가득한 사람들, 몽우 조셉킴, 530×455mm, 캔버스 유채, 2004

산문은 오랫동안 그 주제를 마음속에 담고 생각하면서 기초조사도 하고 글의 밑 자료도 수집하고 그래야 합니다. 그런 다음 글의 얼개를 만들어 그걸 보면서 글을 쓸 수도 있습니다. 글의 준비는 오래 하고 글을 쓰는 것은 단숨에 하는 것이 상책입니다.

그러나 시의 경우는 전혀 그런 작전이나 마련이 통하지 않습니다. 전혀 이쪽의 뜻이 아니라 저쪽의 뜻에 따라 써지는 것이 시의 문장입니다. 글의 주도권이 시인한테 있지 않고 시한테 있다는 얘깁니다. 시심이라 해도 좋고 감흥이나 감정이나 정서라 해도 좋겠습니다. 시를 쓰게 하는 힘이 일어나야만 시가 써지도록 되어 있습니다.

그러니 이걸 어찌해야 합니까. 기다리는 수밖에 없고 시심(감흥)과 협동하는 수밖에 없는 일입니다. 일단 시심이 일면 지체 없이 시 쓰기에 돌입해야 합니다. 또 글을 쓰기 시작했다 하면 멈추지 말아야 합니다. 멈추면 끝장입니다. 산문은 멈추었다가도 쓸 수 있지만 시는 아닙니다.

젊은 시절 부모님과 함께 막동리 고향집에서 살 때의 기억입니다. 나의 방은 사랑방이고 부모님의 방은 안방입니다. 사랑방에서 시를 쓰고 있는데 안방에서 어머니가 밥상을 차려놓고 부르실 때가 있습니다. 끝까지 글을 쓴다고 버틸 수만은 없어 글을 쓰던 펜을 놓고 밥 먹으러 안방으로 건너갑니다.

부모님과 식사를 하고 사랑방으로 돌아와 다시 글을 쓰려고 하면 전혀 글쓰기가 되지 않는 거예요. 그런 경험을 나는 수없이 많이 했습니다. 많이 답답하고 속상한 마음이지만 어쩔 수 없는 일입니다. 그 시간의 시 쓰기는 그것으로 끝입니다.

산문의 경우는 글의 문이 막히면 처음 부분으로 돌아가 다시 읽어가면서 글의 맥을 찾으면 되지만 시의 경우는 그냥 버려야 합니다. 적어도 나의 경우는 그렇습니다. 그러고는 무작정 시가 돌아오기를 기다리는 수밖에는 없는 일입니다. 기다리다 보면 어느 순간 더욱 성숙하거나 변형된 모습으로 그 시가 다시 찾아오기도 합니다. 시인은 이런 때 오래 참고 끈질기게 기다릴 줄 아는 마음의 능력을 지닌 사람이라고도 할 수 있겠습니다.

시 읽는 중학생들

사람의 일생을 두고 볼 때 중학교 학생 시절이 가장 불안정하고 애매한 시절이 아닌가 싶습니다. 그 시절에 사춘기도 겪게 되어 있고 하니 성장발육상 그런 것이 아닌가 싶습니다. 정말로 문학 강연에 나가보면 제일 소란스럽고 통제하기 어려운 청중이 중학생입니다. 어떻게든 학생들에게 흥미로운 얘기를 꺼내어 그들의 관심을 집중시키면서 이야기를 진행시켜 나가야 합니다.

그런데 때때로 어떤 중학교 학생들은 너무나도 진지하고 정숙한 태도로 강연을 듣는 경우를 보게 됩니다. 질문도 어찌나 수준이 높은지 대답하는 쪽에서 감탄할 정도일 경우가 있습니다. 그런 학교 학생들은 나의 시집을 몇 권씩을 구해서 읽고 독후감을 미리 준비한다든지 시화

전을 한다든지 해서 오히려 강연하러 간 나를 감동시키곤 합니다.

차이는 선생님이 강연을 듣기 전에 학생들에게 시를 읽게 했는가 안 했는가에 있습니다. 북한의 무서운 지도자 김정은도 우리나라 중학생들이 무서워 남한에 쳐들어오지 못한다고 농담을 할 정도로 드센 중학생들입니다. 그런 중학생들이 시를 읽으면 그렇게 달라진다니, 이것은 참으로 놀라운 일이 아닐 수 없습니다. 인사하는 것부터 차이가 있고 말하는 것, 걷는 것에 차이가 있습니다. 글쎄 두 손을 맞잡고 공손히 인사를 하는 중학생을 만나게 되면 눈물이 글썽여지기도 한다니까요.

한두 편의 시가 아이들을 그렇게 만드는 것입니다. 중학교 학생들, 가장 불안하고 요동치는 자아를 지닌 아이들, 그 아이들에게 시가 들어가면 그렇게 분명한 변화가 일어나는 것입니다. 그런 점에서 나는 어떤 연배의 사람들보다도 중학생들에게 시를 읽게 해야 한다고 주장하고 싶습니다.

이 나라 중학생들에게 시를 읽히고 한두 편이라도 좋으니 시를 외우게 합시다. 그러면 사람이 달라집니다. 인성이 달라지고 세상을 바라보는 눈길이 달라집니다. 나는 전국을 돌면서 여러 차례 그런 학생들을 만났습니다. 이들이야말로 이 나라의 보배요, 재산입니다. 이 나라를 아름답게 살기 좋은 나라로 이끌어갈 진정한 주역들입니다.

어른들 말을 들어봐도 어린 시절 시를 읽은 기억이 평생을 간다고 그럽니다. 살면서 문득문득 어려서 읽거나 외운 시구절이 떠오른다고 그럽니다. 우리나라 중학생들에게 시를 읽게 합시다. 한두 편이라도 좋으니 시를 외워 그 가슴에 꽃다발로 지니게 합시다. 중학생들이 시를 읽고 외우는 나라, 우리나라 복 받은 나라입니다. 진정으로 아름답고 좋은 나라입니다. 시를 읽고 외우는 중학생들. 이 얼마나 사랑스럽고 아름다운 아이들입니까!

*

중학생들에게 문학 강연을 할 때면 나는 아이들에게 일일삼성(一日三省)을 하지 말고 일일삼찬(一日三讚)을 하라고 권합니다. 예전 어른들은 하루에 세 번씩 자기가 무엇을 잘못했나 반성하라고 가르치셨습니다. 그러한 가르침은 아주 뿌리 깊은 것이어서 오늘날까지도 여전히 이어지고 있는 실정입니다.

이러다 보니 아이들이 주눅이 들고 정서적으로 힘들어 하지 않나 싶어요. 하지 말라, 조심해라, 더 잘 해라라는 채찍과 권고의 홍수 속에서 허우적거리는 게 아닌가 싶어요. 그래서 나는 차라리 하루에 자기가 한 일 가운데 잘 한 일이 무엇인가 세 가지를 찾아서 자기를 칭찬해보라고 말하지요.

그러면 아이들이 얼마나 좋아하는지 몰라요. 친구들과 정답게 지낸 일, 선생님께 인사 잘한 일, 몸이 아프지 않은 일, 점심식사 잘한 일, 지금도 조용히 앉아서 문학 강연 듣고 있는 일 등. 생각해보면 자기가 잘한 일이 아주 많지요. 그러니 자기를 칭찬해주라고 말하지요. 그렇게 칭찬하다 보면 기분도 좋아질 테고 더 좋은 일, 더 칭찬 받을 일을 하지 않겠는가 하는 것이 내 생각이에요.

자꾸만 자기의 좋은 점, 가능성을 찾아서 그쪽으로 가보자는 것이지요. 그러면서 시를 두고서도 이야기하지요. 시인과 독자가 힘겨루기를 하면 누가 이기겠는가? 처음엔 시인이 이기지만 나중에는 독자가 이깁니다. 그래서 아이들한테 따라서 말하라고 하지요. '독자가 그렇다고 말하면 그런 것이다.' 다시 말하라고 하지요. '우리가 그렇다면 그런 것이다.' 아이들이 큰소리로 웃고 얼마나 좋아하는지 몰라요.

시에 대해서 다시금 부탁을 합니다. '까다롭고 읽어서 이해되지 않고 머리만 아픈 시는 읽지도 말고 쳐다보지도 말아라. 왜 손해를 보면서 시를 읽으려고 그러느냐. 읽어서 기분이 좋고 위로가 되고 감동이 있는 시만 골라서 읽어라.' 그러면 아이들이 얼마나 더 좋아하는지 몰라요. 시를 읽는 중학생들. 이 나라의 희망이요 기쁨입니다.

시를 어떻게 시작할 것인가

은영 씨. 시는 언어로 쌓은 탑입니다. 탑 가운데서도 금자탑입니다. 그러므로 한마디의 말을 아끼고 하나의 문장을 아껴야 합니다. 아닙니다. 단어 하나하나를 아끼고 월점 하나까지도 조심해서 사용해야 합니다. 결코 함부로 해서는 안 될 일입니다.

시를 쓴다는 것은 시인들이 이 세상 모든 사물과 우주에게 말을 거는 것과 같습니다. 그럴 때, 나 자신은 입 다문 나이고 사물은 무뚝뚝한 사물들이고 우주는 오직 적막한 우주입니다. 은영 씨도 매우 무뚝뚝한 사람을 만나본 적이 있지요? 그럴 때 어떻게 했던가요? 네. 모름지기 상냥하고 부드럽게 말을 걸어야 합니다. 조심해서 말을 걸어야 하고 최선의 말을 골라서 해야 합니다. 최대한 좋은 말로 겸허하게 말을 걸어야 합니다. 그래야 시가 문을 열어줍니다. 함부로 아무렇게나 지껄여서 문을 열어줄 시가 아닙니다.

그러므로 시에서는 첫 문장이, 아니 첫 단어가 중요하고 또 중요합니다. 시의 첫말은 벼락치듯 온다고 말하는 사람이 있고 신이 주신다고 말하는 사람도 있습니다. 그렇게 첫 단어가 중요한 것입니다. 시의 첫 단어는 시의 마지막까지를 통솔합니다. 영향을 주면서 마지막 문장, 마지막 단어까지를 끌고가는 힘을 지녔습니다. 좋은 시를 보면 첫 단어부터 다릅니다. 시의 끝을 보여주고 시의 몸통을 짐작하게 합니다.

일단 조심스럽게 첫 단어를 놓으면 그 단어를 따라서 한 발자국씩 앞으로 나아가야 합니다. 이때, 자기 마음대로 현학적으로 고집스럽게 성질을 부리며 함부로 문장을 끌고가서는 안 됩니다. 여전히 조심스럽게 겸허하게 끌고가야 합니다. 아닙니다. 따라가야 합니다. 시는 시인이 쓰지만 시를 쓰게 하는 힘은 나(의식하는 나) 아닌 어느 곳에서 오기 마련입니다. 어쩌면 그것은 신의 음성인지도 모르고 내 마음속 깊이에서 울려오는 하나의 울림인지도 모릅니다.

이런 생각을 한번 해볼까요. 모처럼 집에서 쉬는 날, 별로 할 일도 없어 누군가를 만나고 싶지만 딱히 만날 사람도 떠오르지 않습니다. 누군가로부터 전화라도 한 통 와 주었으면 얼마나 좋을까 생각이 날 것입니다. 그러나 그날은 끝내 누구에게서도 전화가 오지 않았습니다. 왜 전화가 오지 않았을까요? 그 이유를 다른 사람에게 돌릴 수는 없습니다.

어디까지나 원인 제공자는 자기 자신입니다. 자기 자신이 그렇게 살았기 때문입니다. 세상 사람들로부터 오지 않는 전화를 오도록 강요할 수는 없습니다. 그러나 전화가 오도록 조건과 환경을 조성하며 살 수는 있습니다. 시의 경우, 시인의 경우도 마찬가집니다. 시인이 억지로 좋은 시를 쓸 수는 없습니다. 그러나 좋은 시를 쓰도록 노력할 수는 있습니다. 그것이 시인이 할 수 있는 일이고 시인의 본분입니다.

절대로 시 앞에서 오만해서는 안 됩니다. 자신만만해서도 안 됩니다. 어디까지나 부드럽고 겸손하고 낮은 자세를 견지해야 합니다. 겉으로만 그럴 것이 아니라 뼛속 깊이 그런 자세를 지녀야 합니다. 그럴 때 시는 조금씩 문을 열어주고 시인을 그 안으로 들어오라 청할 것입니다.

시를 쓴다는 것은 신의 음성에 귀를 기울이는 것과 같습니다. 그것은 내 마음속 깊은 곳에서부터 울려오는 그 어떤 느낌이나 기미(機微)를 끌어올리는 작업이기도 합니다. 그것은 영혼의 속삭임을 들어내는(청취하는) 일이기도 합니다. 그러므로 시에서는 첫 단어가 중요하고 중요합니다. 첫 단어가 시의 종장까지를 끌고가도록 되어 있기 때문입니다.

은영 씨. 좋은 시를 한번 써보고 싶다고 했지요? 그렇다면 좋은 시를 쓰고 싶은 사람으로서 이제부터 해야 할 일들을 생각해봅시다. 먼저 지금까지 써온 자기의 시를 몽땅 버려야 합니다. 버린다는 것은 자기를 부정한다는 것입니다. 백지상태가 된다는 것이고 출발선상에 선다는 것입니다. 그렇지 않고서는 도저히 새로운 시를 만날 수가 없습니다(그것은 마치 첫사랑의 상처를 지우지 않고서는 다음 연인을 만날 수 없는 것과 같습니다). 누구든 자기를 자랑하고 자기 시를 기억하고 자기가 시를 잘 쓴다는 생각이나 의식을 가지고 좋은 시를 쓰는 사람은 없습니다.

오만을 버려야 합니다. 거짓된 마음을 버려야 합니다. 현실적인 셈법을 버려야 합니다. 멍한 상태가 되어야 합니다. 나는 시를 잘 쓰지 못한다고 생각하십시오. 시 앞에서 나는 그저 어린아이처럼 우물쭈물하고 자신이 없고 아무것도 알지 못하고 눈먼 자라고 여기십시오. 그렇게 생각할 때 살그머니 시가 찾아와서 당신의 어깨를 치면서 함께 가자고 앞길을 청할 것입니다.

그날을 기다려야 하고 그 순간을 찾아야 합니다. 그러기 위해서는 좋은 시를 많이 읽어야 합니다. 다른 시인들은 어떻게 시를 썼는가, 바로 그 시인의 입장에서 생각하고 느껴보아야 합니다. 가장 좋은 시 공부는 시를 베끼는 공부입니다. 한 번만 베끼는 것이 아니라 여러 차례 베껴보는 일입니다. 그러다 보면 그 시인의 문장이며, 어법이며, 표현, 단어들이 나의 것으로 바뀌게 될 것입니다. 결코 시를 쓰는 데 있어서 쉽게, 아무렇게나 가볍게 시가 써질 거라고 생각하지 말 일입니다.

지금까지 내가 쓴 시를 버려야 합니다. 지금까지 알고 있었던 시작법을 버려야 합니다. 오직 겸허한 심정으로 내면의 소리에 귀를 기울여야 합니다. 어디선가 작은 소리나 음성이 들리면 조심스럽게 그것을 언어로 바꾸어보십시오. 끝까지 겸손하고 부드럽고 낮은 태도를 유지하십시오. 마음을 늘 텅 빈 상태에 놓으려고 노력하십시오. 제발 시를 길게 쓰지 마십시오. 쓸데없는 췌사(贅辭, 군더더기 말)들을 자꾸 끌어오지 말고 중언부언하지 마십시오. 모두가 무익한 일일 뿐입니다.

생활인의 시

인류는 문명이 열린 이래 수없이 많은 시행착오와 변화를 거듭하면서 오늘에 이르렀습니다. 정신사적으로 볼 때 지혜의 세기가 있었고 지식의 세기, 이론의 세기가 있었습니다. 지혜(wisdom)는 문자 이전의 문자로서 공기와 같이 자취가 없고 초월적이며, 지식(knowledge)은 언어를 지향하며 모래와 같이 그 실체가 뚜렷하며, 이론(theory)이나 원리(principle)는 더욱 뚜렷하여 바윗덩이처럼 견고합니다. 책이 이루어지는 것은 지식과 이론의 단계이며 이것을 실생활에 적용한 것이 기술(skill, technology)입니다.

은영 씨. 그러면 시는 어느 단계에서 나오는 것일까요? 단연 시는 지혜의 단계에서 나오는 정신적 산물입니다. 인간은 교육을 통해 지식이나 이론, 기술을 습득하여 세상을 유용하게 살아갑니다. 그것을 일상생활이라고 부르는데 우리는 그 일상생활 속에서 날마다 힘들고 지치고 사는 일이 버겁습니다. 그러므로 고요히 자신을 들여다볼 짬이 없고 주변을 살필 만한 여유의 시간도 부족합니다.

하지만 가끔 소용돌이치는 일상 속에서도 지혜의 세계와 접선이 될 때가 있습니다. 문득 한 줄기 시적인 문장이 떠오르는 순간이지요. 이런 때 인간은 누구나 잠시 시인이 되고 영적인 존재가 됩니다. 영혼이나 지혜의 세계를 염두에 두고 볼 때 인간은 누구나 접속이 불량한 전자제품과 같습니다. 깜빡 불이 들어왔다가는 이내 나가곤 하지요. 불이 들어올 때 그 불빛이 보여주는 것들을 재빨리 읽어내야 합니다.

다시금 시란 어떤 글일까요? 자기도 그 뜻을 확실히 알지 못하면서 하는 자기의 말입니다. 뭉뚱한 말이고 우뚝한 말이고 내 마음 깊은 곳으로부터 불쑥 치솟는 아주 힘이 있는 말, 외마디 소리입니다. 대부분의 사람들은 그것이 시인지 아닌지를 알아보지 못하고 흘려버릴 수가 있지요. 그래서 지금부터는 몇 개의 문장을 예로 들어 일반인들이 쓴 좋은 시를 살펴보기로 합니다.

매일 출근…

퇴근은 없다.

은영 씨. 이 글을 보니 어떤 생각이 드나요? 이 문장은 반년 전까지만 해도 우리 문화원에서 나와 함께 근무하던 김민영이란 여성이 자기 핸드폰의 카카오스토리에 올린 메모 가운데 하나입니다. 김민영 씨는 지지난해인 2014년에 결혼을 하고 2015년 6월에 애기를 출산, 지금은 육아휴직으로 집에서만 지내는 사람입니다.

가끔 카카오스토리를 통해 애기의 귀여운 사진과 함께 자신의 근황을 아주 짧게 전하고 있는데 그 글들이 아주 매력적이고 의미심장합니다. 그 가운데서도 위의 문장이 더욱 그렇습니다. 하루하루 바쁘게 애기를 키우는 젊은 엄마의 일상이 건너다보입니다. 문장의 배면을 통해 지은이의 성격도 읽힙니다. 일단은 깔끔하고 단호한 면이 있어 보입니다.

'매일 출근'이란 문장을 통해 이 글의 주인공이 직장인이었다는 것과 지금도 직장에서 근무하듯 애기를 키운다는 것을 짐작할 수 있겠습니다. 그다음 문장은 더욱 다부지고 심각합니다. '퇴근은 없다.' 출근을 했으면 퇴근을 해야 하는데 '퇴근'이 없다는 건 계속 근무 중이라는 말이지요. 24시간 애기에게 매달린 엄마의 수고가 손에 잡힐 듯 보입니다. 이런 글도 충분히 좋은 시라고 할 수 있습니다. 다만 제목이 없어 문제인데 제목을 붙인다면 어떤 것이 적당할까? 생각해볼 일입니다.

늘어나는 그림자 끝 따라

재촉스런 눈길도 흔들려

마음은 길을 거스르네.

—〈문자메세지〉, 나병윤

이것은 나의 아들 나병윤이 어느 날 나한테 핸드폰 문자로 보내준 글입니다. 그는 대전에 있는 특허청에 근무하는 40세 가까운 공무원인데 갑자기 인생에서 무언가를 느끼고 생각한 바가 있었던 모양입니다. 조금은 난해해 보입니다. 그렇다고 아예 모르겠는 건 아닙니다.

이 글을 보낸 것이 '2015년 11월 28일'로 되어 있습니다. 연말의 공간, 40세 가까워지는 남성. 그러면 대강의 분위기가 파악됩니다. '늘어나는 그림자 끝'은 인식의 바깥(세상)입니다. '재촉스런 눈길'은 인식의 안쪽(나)입니다. 그가 세상을 그렇게 보았다는 건데 이것은 세밀의 풍경이기도 하고 인생의 성찰이기도 합니다. 그러기에 그다음 문장도 이해가 갑니다. '마음은 길을 거스르네'라고 했습니다. '마음'이 '길'을, 그러니까 앞에 정해진 어떤 상황을 거부한다는 말이 되겠습니다. 인생의 본질 자체가 그런 것이 아닌가 싶습니다.

가르쳐 주시어요

전화도 안 돼요

문자도 안 돼요

카톡은 금지

그럼 메일은?

주소를 몰라요

만날 수는 더더욱

어렵구요

그렇다고 달나라로 함께

갈 수도 없는

어머니 어머니

아, 우리 어머니.

—〈어머니〉, 임혜옥

이 글의 주인공 임혜옥 씨는 중학교 음악교사를 오래 하다가 지금은 퇴직하고 사진공부도 하면서 우리 문화원 시 창작반에 나와서 나와 함께 시 창작 공부도 열심히 하는 여성입니다.

위의 시는 앞의 두 글과는 달리 제목까지 확실히 붙은 완성형의 시 작품입니다. 읽어서 별로 이해가 안 되는 부분이 없습니다. 3연인데 1연은 1행이고 2연은 9행이며 3연은 2행입니다.

'가르쳐 주시어요' 1행에서 지은이는 매우 겸손하면서 간절하게 청원을 합니다. 거기서 약간의 궁금증이 있지요. 그 가르쳐달라는 내용이 나열된 부분은 2연입니다. '전화' '문자' '카톡' '메일'로 소식을 전하고 싶은데 안 된다는 겁니다. 이런 걸로 보아 이 사람이 현대문명에 익숙한 사람이란 걸 알 수 있겠습니다.

'만날 수는 더더욱/ 어렵'다 합니다. '그렇다고 달나라로 함께/ 갈 수도 없다'는 것입니다. 지독한 단절이요 그리움입니다. 그에 대한 궁금증은 3연에서 확 풀려버립니다. '어머니 어머니/ 아, 우리 어머니.' 사모곡입니다. 어머니를 저승으로 보낸 딸의 간절한 사모곡 한 편이었습니다. 이 글을 통해 지은이가 매우 정이 많은 사람이란 것도 알 수 있겠습니다.

홍성 다녀오는 길

행담도휴게소

지역 특산품 판매코너에서

미니사과를 처음 보았다.

순간 과수원 하는

내 친구 은선이

생각이 났다.

'이게 은선이가 판다던

그 미니사과였구나!'

한 팩에 만 원에 팔았다.

사진 않고 지나치면서

은선이 생각만

했다.

—〈은선이 생각〉, 임귀옥

마치 어느 날의 일기 같은 글입니다. 실은 이 글은 평소 나를 좋아하고, 나도 그를 좋아하는 임귀옥이라는 이름의 여자선생님이 어느 날 저녁 핸드폰으로 보내온 글입니다. 평소 때와 같이 간편한 소식인 줄 알았는데 읽어보니 한 편의 시였습니다.

반가운 마음에 여기에 옮겨 적으며 몇 자 생각을 정리해보기로 합니다. 1연은 그저 무심한 내용이고 지극히 사실적인 내용입니다. '홍성 다녀오는 길' 에 들른 '행담도휴게소/ 지역 특산품 판매코너에서' '미니사과를 처음 보았다'는 것이지요. 그런데 그다음이 문제입니다. 무심히, 그것도 처음 본 '미니사과'가 '은선이'란 친구의 생각을 불러온 것입니다. 그러니까 물건이 사람으로 바뀌고 무심함이 유심함으로 바뀐 것입니다. 이것이 바로 우리 인간의 마음이고 연상작용입니다. 또 거기에 시가 의지하고 뿌리를 내리는 것이기도 합니다.

그런데 지은이는 왜 은선이, 바로 미니사과를 인식하고서도 그 사과를 사지 않았을까요? '한 팩에 만 원에' 파는 것까지 확인했는데도 말입니다. 정확한 이유는 알 수 없습니다. 지은이 자신도 그 까닭을 소상히 알 수 없었을지도 모릅니다. 다만 여기서 중요한 것은 사과를 사지 않았다는 것이 중요합니다.

어쩌면 그 답이 마지막 행에 있지 않을까 싶어요. '은선이 생각만/ 했다.' 그렇습니다. 지은이에게 중요한 것은 가게에 있는 사과(물건)가 아니고 마음속에 있는 친구인 은선이(사람)였던 것입니다. 이렇게 시는 눈에 보이는 것보다는 눈에 보이지 않는 것(생각, 마음)을 소중히 여기는 마음이고 그것을 들여다보고 찾아내는 작업이라 하겠습니다.

은영 씨도 이렇게 일상생활의 일들을 일기 쓰듯이 시로 써보았으면 좋겠다는 생각을 해봅니다. 일기 쓰기는 시 쓰기에 있어 중요한 기초가 되어준다고 하겠습니다.

잠자리에 들기 전 불을 끈다

벽에 붙어 있는 무심한 야광 별자리가 빛난다

환한 모양새가 잎과 꽃을 닮았다

모든 시의 끝은
아픔과 상처를 이겨내
푸르게 빛나는 이파리로 돋아나고
향기를 머금은 꽃으로 피어나는데

나의 삶도 그럴 수 있을까
나의 인생의 마지막 장도
잎으로, 꽃으로 빛날 수 있을까

—〈시의 끝과 마지막 장〉, 금나래

난 너만 보면 꿈을 꾼다, 몽우 조셉킴, 275×220mm, 캔버스 유채, 2004

이 작품은 서울 지하철 고속버스터미널 역 스크린 도어에서 문득 만난 시입니다. 하고 많은 시 가운데서도 이 시가 유심히 눈에 들어온 것은 이 시에 담긴 '시'와 '인생'에 대한 생각 때문이 아닌가 싶습니다.

연이나 행의 구성이 매우 특별합니다. 1연과 2연과 3연은 한 행이 그대로 한 연인데 모두가 한 문장으로 길게 기술되어 있습니다. 어느 저녁 시간, 잠자리에 들면서 벽에 붙어 있는 야광별자리를 보았다는 것인데 무미건조한 한날의 일기 같은 내용입니다.

그러나 거기서 4연과 5연으로 발전해 나갑니다. 4연은 '시'에 관한 것이고 5연은 '인생'에 관한 내용입니다. 이 시 작품이 '시민응모작'이라고 되어 있는 걸로 보아 이 시의 작가는 전문시인이 아닌 성싶습니다. 그런데도 '시'와 '인생'에 대해서 이만한 묘사와 사고의 깊이를 보임은 놀라운 일입니다.

작자는 '모든 시의 끝은/ 아픔과 상처를 이겨내/ 푸르게 빛나는 이파리로 돋아나고/ 향기를 머금은 꽃으로 피어'난다고 쓰고 있습니다. 정말로 시에 대한 인식이 이만한 사람을 흔하게 보지 못했습니다. 아, 그렇구나! 무릎이 쳐지는 바가 거기에 있습니다. 암, 그래야지, 하는 대긍정이 또한 있습니다.

언뜻 4연이 핵심처럼 보이지만 더 중요한 핵심은 5연이군요. 자기 인생에 대한 얘기를 하고 있군요. '나의 삶도 그럴 수 있을까' 반문하면서 나름껏 부푼 소망을 담아내고 있습니다. 끝내 '나의 인생의 마지막 장도/ 잎으로, 꽃으로 빛날 수 있'기를 발돋움하고 있습니다. 인생을 바라보는 안목이 역시 매우 깊다 하겠습니다.

시란 문학 양식은 굳이 단순명쾌함을 고집하지 않습니다. 때로는 애매모호한 가운데 불분명하게 이야기하고 넘어가는 편이 더 좋을 때가 있습니다. 거기서 상상이 나오고 독자의 영역이 펼쳐집니다. 그러므로 시는 완전무결한 문장보다는 어딘가 한구석 비워두는 문장이라고 말할 수도 있겠습니다.

모든 것을 확실하게 다 말하지 않고 일정 부분 여분으로 남겨놓는 것, 그것은 실상 시인이 독자를 위해 베푸는 또 하나의 배려요 매력이기도 한 것입니다.

하늘을 날으는 민들레 꽃씨예요.
햇볕 따뜻한 시골집 장독대나
울타리 밑이 아니어도 좋아요.

팍팍한 아스팔트 늘어선
회색의 도심지 가로수 곁이나
고속도로 주변의 코스모스 옆자리는
더구나 바라지 않아요.

오물덩이 가득한 곳에

지금은 꽃이 아닌 풀잎으로
그저 피어나고 싶어요.

온갖 추한 냄새 가득한
쓰레기 더미 가운데
함께 온몸 썩어져
더 많은 풀잎으로, 꽃으로 피어

작은 향기 모아
큰 더러움 씻어내고 싶어요.
작은 향내 피워
온 세상 가득 채우고 싶어요.

— 〈민들레 꽃씨〉, 최교진

지난해 겨울입니다. 세종시의 한 중학교로 문학 강연을 갔었습니다. 중학교 1학년 학생들이 국어선생님과 같이 나를 초청해줘서 찾아간 자리인데 거기서 나는 또 놀라운 일을 겪었습니다. 평소 안면이 있던 최교진 세종시교육청 교육감을 만난 것입니다.

교육감은 높은 자리이고 바쁜 일을 하는 사람입니다. 중학교 학생들이 마련한 모임에까지 와서 축하해준다는 것도 인상적이었는데 정말로 특별한 것은 나의 문학 강연 전에 있던 교육감 인사 시간에서였습니다. 교육감은 인사말을 간단히 마치더니 자작시 한 편을 읽는 것이었습니다.

바로 앞에 적은 시입니다. 시인의 문학 강연 시간에 교육감이 자작시를 읽는다? 감동이었습니다. 그래서 시를 읽고 돌아가는 교육감에게 달려가 시 원고를 달라 해서 여기에 베낀 것입니다. 교육감이 평교사 시절 어떤 마음으로 학생들을 가르치고 세상을 바라보았는지 그 마음이며 자세가 그냥 그대로 보이는 듯하지 않습니까! 부드러운 어조 가운데 강한 진정성의 향기 같은 것을 느낍니다.

시란 바로 이런 것입니다. 그의 인생관이나 의지의 표백일 수도 있고 삶에 대한 각오일 수도 있는 것이 시입니다. 우리는 옛날 신라시대 '임금님 귀는 당나귀'에 대한 설화를 알고 있습니다. 임금님의 귀가 날로 자라는 귀라는 걸 안 복두쟁이는 대나무 밭에 가서 그 이야기를 소리쳐 말했다가 어찌 되었습니까?

죽었지요. 그렇지만 그 말을 하지 않았다면 복두쟁이는 또 어찌 되었을까요? 답답해서 역시 죽었을 것입니다. 기왕에 죽을 목숨이라면 차라리 속 시원히 말하고 죽은 편이 낫지 않았을까요? 그렇습니다. 말하고 죽는 편이 낫습니다. 지금은 가슴속 비밀을 말했다고 잡아다 죽이는 그런 임금님도 없는 세상입니다.

간절히 하고 싶은 말, 마음에 맺혀 가슴을 치는 말이 있다면 서슴없이 해볼 일입니다. 그곳에 분명 우리의 시가 함께 있어줄 것입니다. 시를 전문으로 쓰는 사람에게도 중요한 것은 이전에 쓴 자기의 시를 과감히 버리고(잊어버리고) 마음의 원점, 시의 원점으로 돌아가는 일입니다. 그리하여 또다시 지혜의 세기, 그 허허벌판으로 회귀하는 것입니다. 그래야 자기의 영혼과 자유롭게 조우(遭遇)할 수 있는 것입니다.

함께 시 써보기

배우다와 익히다

은영 씨. 사람이 사람다운 사람이 되고 점점 좋아지려면 무언가를 배우고 익혀야 합니다. 배우는 것은 학(學)이고 익히는 것은 습(習)입니다. 이는 이미 공자님의 《논어》 첫머리에 나오는 문장에서 알 수 있습니다. '배우고 때로 익히면 또한 기쁘지 아니하랴(學而時習之不亦說乎)'가 바로 그것입니다.

배우는 것은 내가 모르던 것을 새롭게 알거나 깨닫는 것을 말하고, 익히는 것은 이미 알고 있는 것을 여러 차례 반복해서 해보는 것을 말합니다. 배우는 것은 밖의 것이 안으로 들어오는 것이고 익히는 것은 안에 들어온 것을 여러 차례 해보는 것을 말합니다.

주로 지식에 해당되는 것은 한두 번 배우는 것으로 족합니다. 그러나 기능적이거나 정서적인 일은 한두 번 배우는 것만으로는 충분치 않습니다. 여러 번, 아니 끝없이 아주 여러 번 해보아야 합니다. 시 쓰기가 바로 여기에 해당됩니다. 한두 번이 아니라 그것은 일생을 되풀이해도 끝나지 않을 어려운 작업입니다.

학습을 가리키는 말로는 교육이란 말이 있고 공부란 말이 있습니다. 교육이 밖에서 누군가 시켜서 하는 외발적(外發的) 학습이라면 공부는 안에서 자기가 좋아서 하는 내발적(內發的) 학습이라 하겠습니다. 시 쓰기야말로 교육이 아니라 공부에 의해서만 가능한 일입니다 (이 이야기는 앞에서도 말한 바 있습니다).

우리는 이 점을 충분히 알고 넘어가야 합니다. 시 쓰기가 마음에 끌리고 시를 쓰고 나면 마음이 후련해지십니까? 그러면 시 쓰기를 계속해도 좋겠습니다. 그러나 시를 쓰는 일이 두렵고 시를 쓰고 난 뒤에도 마음이 언짢아지십니까? 그렇다면 미안하지만 시 쓰기를 그만두는 것이 좋겠습니다.

언제나 그래야 하는 건 아니지만 대체로 시 쓰기는 자기의 마음에 끌려서 하는 일이고 시를 쓰고 나서 마음이 가지런해지고 평안해지며 무언가 살아가는 데 도움이 되어야 합니다. 그런 점에서 시 쓰기는 시 읽기와도 닮아 있습니다.

시 쓰기에서 시 창작 이론을 배우는 일은 크게 도움이 되지 않습니다. 시 쓰기 일이 누군가로부터 배워서 되는 일이 아니고 자기 스스로 익혀서 되는 일이기 때문입니다. 혹시라도 시 창작 이론을 배웠다면 시 쓰는 과정에선 그냥 무시한다든가 차라리 잊어버리는 것이 좋겠습니다. 우리가 알다시피 시 쓰기는 누구한테 배워서 되는 일이기보다는 익히고 익혀야만 되는 일이기 때문입니다.

시 쓰기 연습

은영 씨. 그러면 이제부터 한번 시 쓰기 연습을 해볼까요. 우선 주제랄지 제목이랄지 그런 것을 정하기로 합니다. '어머니'. 어머니란 이름은 우리 인간에서 가장 소중하고 아름다운 단어입니다. 그러면 '어머니'란 이름으로 시를 한번 써보겠습니다. 직접 글을 쓰기 전에 도움을 받기 위해 내가 쓴 어머니를 주제로 한 시 몇 편을 읽어보기로 합니다.

어머니 치고 계신 행주치마는
하루 한 신들 마를 새 없어,
눈물에 한숨에
집 뒤란 솔밭에 스미는
초겨울 밤 솔바람 소리만치나

속절없이 속절없어……

봄 하루 허기진 보리밭 냄새와
쑥죽 먹고 짜는 남의 집 삯베의
짓가루 냄새와 그 비린내까지가
마를 줄 몰라, 마를 줄 몰라.

대구로 시집 간 딸의 얼굴이
서울서 실연하고 돌아와 울던 아들의 모습이
눈에 박혀 눈에 가시처럼 박혀
남아 있는 채,
남아 있는 채로……

이만큼 살았으면
기찬 일 아픈 일은 없으리라고
말하시는 어머니, 당신은
오늘도 울고 계시네요.
어쩌면 그렇게 웃고 계시네요.(1970)

—〈어머니 치고 계신 행주치마는〉, 나태주, 1970

쑥죽 먹고 짜는
남의 집 삯베의
울어머니 어질머리.

토담집 골방의
숯불 화로 어질머리.

수저로 건져도 건져도 쌀알은 없어
뻐꾸기 울음소리 핑그르르 빠지던
때깔만은 고운 사기대접에
퍼어런 쑥죽물.

꽃이라도 벼랑에
근심으로 허리 휘는
하이얀 아카시아꽃 피었네.

—〈아카시아꽃〉, 나태주, 1977

꽃 등

밝혔네

잎

버리고

비로소

가을

어머니.

—〈가을 감〉, 나태주, 2001

어머니, 화내지 마세요

공부 잘하고 심부름도 잘 할게요

동생들이랑 싸우지도 않고 잘 놀게요

언제까지나 나는 어머니의 아들

죽어서 다시 태어나도

어머니는 나의 어머니

저기 저 하늘에 커다란 별은

어머니 별이구요

그 옆에 조그맣게 반짝이는 별은

나의 별이에요

어머니, 찡그린 얼굴을 하지 마세요

얼굴을 찡그리면

고운 얼굴에 주름이 져요.

—〈별밤에〉, 나태주, 2012

어머니에 대한 시 쓰기

나의 시들을 살펴보니 의외로 어머니에 대한 시가 많았습니다. 초기 시부터 후기 시까지 줄기차게 어머니의 시들이 있었는데 그 형식이나 표현이 매우 다양하다는 것을 알았습니다. 이렇게 한 사람이 같은 주제나 제목으로 시를 썼다 하더라도 시를 쓰는 시기나 계기에 따라 얼마든지 다를 수 있다는 것을 보았습니다.

여기서는 일일이 시에 대한 설명을 할 필요성을 느끼지 않으므로 그것은 생략하고 넘어가기로 합니다. 다만 이런 시도 있다고 참고만 하기 바랍니다. 그러면 정말로 이제는 한번 단계별로 어머니에 대한 시를 써보기로 합니다. 그러기 위해 스스로 몇 가지 질문을 해봅니다.

❶ 누구의 어머니입니까? ---------- 나의 어머니입니다.

❷ 나의 어느 시절 어머니입니까? ---------- 어린 시절의 어머니입니다.

❸ 어느 날의 어머니입니까? ---------- 비가 내리는 날의 어머니입니다.

❹ 어디에서의 어머니입니까? ---------- 학교에서의 어머니입니다.

❺ 무슨 일로 떠오르는 어머니입니까? ---------- 우산을 가져오신 어머니입니다.

물론 실제로 시 쓰기를 할 땐 이렇게 순서적으로 차례차례로 대답이나 생각이 떠오르는 건 아닙니다. 불쑥 아무렇게 엉켜진 실꾸리처럼 한꺼번에 떠오를 수도 있고 한참 떠오르다가 잠시 멈췄다가 다시 떠오를 수도 있습니다. 이런 것들을 감안(마음속으로 생각)하면서 앞의 생각과 대답을 바탕으로 시를 한번 지어보기로 합니다.

실지로 시를 쓸 때는 이런 생각이나 질문들을 차례대로 쓰는 것이 아니라는 걸 먼저 명심해야 합니다. 느낌으로 먼저 떠오르는 말을 먼저 써야 하고 나중에 떠오르는 말을 나중에 써야 합니다. 때로는 처음에는 없었던 말도 빌려다 써야 합니다. 그리고 시의 형식상이나 문맥상 필요로 하는 말이 있으면 그것도 데려다 써야 합니다.

어머니

비가 오는 날 오후
친구들 모두 우산 받고 집으로 돌아갔는데
나만 우산이 없어 집으로 가지 못한다

가방을 들고 학교 추녀 밑에
혼자 서서 비를 맞으며
빗방울 소리를 듣는다

주룩 주룩 쏟아지는 빗방울 소리
더욱 크게 들린다
어머니가 생각난다

이런 때 어머니가 오시면 얼마나 좋을까?
교문 밖에 누군가 오고 있다
아, 우리 어머니다! 우산을 들고 있는 어머니

나는 그만 울고 말았다.

그러나 이 글은 매우 일반적이고 순서적이면서 나열식으로 쓰인 글입니다. 이 글을 가지고서도 충분히 길이나 순서를 뒤집을 수도 있고 다른 단어로 바꾸거나 생략할 수도 있습니다. 이것을 개성이라 그러는데 글을 쓰는 사람의 성정(性情)이나 처지에 따라 얼마든지 달라질 수 있는 문제입니다.

책 읽는 여자, 몽우 조셉킴, 155×185mm, 캔버스 유채, 2004

휘파람에 대한 시 쓰기

그다음엔 휘파람에 대한 시를 한 번 생각해봅시다. 은영 씨는 휘파람을 불 줄 아시나요? 휘파람. 그것은 기분이 좋을 때 입술을 모아 악기와 비슷한 소리를 내는 하나의 기술입니다. 주로 젊은 시절에 남성들이 많이 내던 소리이지요. 휘파람으로 노래의 곡조를 흉내 내거나 신호를 보내기도 했을 것입니다.

이러한 휘파람에 대한 기본적인 생각을 전제로 하여 두 타입의 상상을 해보기로 합니다. 우선 A의 상상과 그에 대한 시를 써보고, B의 상상과 시를 써보도록 하겠습니다. 은영 씨가 읽고 본인의 시 쓰기에 도움이 되도록 했으면 좋겠습니다.

A의 상상 •

❶ 계절은? -- 늦은 가을

❷ 하루 중 시간은? -- 저녁때

❸ 사람 수는? -- 한 사람

❹ 성별은? -- 남성

❺ 옷차림은? -- 바바리코트

❻ 어떤 모습인가? -- 뒷모습

❼ 장소는? -- 골목길

휘파람

하루해도 기울어

쓸쓸한 골목길

낙엽 떨어져

쓸쓸하다 속살거리고

바바리코트 자락 하나

뒷모습이다

휘청거리는 휘파람 소리

그 또한 뒷모습이다.

B의 상상 •

❶ 계절은? ---------- 여름철

❷ 하루 중 시간은? ---------- 한낮

❸ 사람 수는? ---------- 두 사람

❹ 성별은? ---------- 남자와 여자

❺ 옷차림은? ---------- 하복차림

❻ 어떤 모습인가? ---------- 앞모습

❼ 장소는? ---------- 개울가

휘파람

저만큼 키 큰 나무들
초록 불 활활 타오르고
물빛들 서로 시샘하며
눈빛 반짝이는 개울 가

손잡고 걸어오는 두 사람
저희들이 무슨 나무들인가!
여자가 남자의 어깨에 머리를 기대자
기분 좋은 남자가 휘파람 분다

바람에 날리는 여자의 머릿칼
마음은 멀리 구름에 걸리고
휘청거리는 휘파람 소리
발길은 멀리 강물을 따른다.

아내는 은유니 직유니 하는 비유법에 대해서는 그 단어조차 모르는 사람입니다.

더구나 메타포니 엠퍼시니 하는 영어 단어는 더욱 알지 못하는 사람입니다.

그런데도 이렇게 비유법으로 글을 썼습니다.

어쩌면 이것이 할 줄 아는 능력이 아닐까 싶습니다.

그렇습니다. 아는 능력보다 훨씬 더 좋은 것은 할 줄 아는 능력입니다.

아무리 밥을 짓는 방법이나 김치 담그기를 책으로 배워 잘 안다 해도

실지로 할 줄 모르면 아무것도 모르는 것이나 마찬가지입니다.

3부 •

아내와 시 쓰기

커피, 몽우 조셉킴, 315×410mm, 캔버스 유채, 2002

글씨 쓰기와 글쓰기

아내와 나는 1973년, 내 나이 스물아홉에 중매결혼으로 만났습니다. 20대 중반 한두 차례 실연의 고배를 호되게 마신 뒤로는 연애란 것이 잘 되지 않았습니다. 아내는 시골 출신의 여자. 나와는 네 살 터울. 내가 닭띠이고 아내가 소띠이므로 나는 가끔 아내가 나를 '소 닭 보듯 한다'고 말하곤 합니다.

그날 아침, 출근길에 마을 앞 다리목에서 만난 옆 동네 사는 떠버리 아줌마한테 인사를 한 것이 빌미가 되었습니다. 다른 날 같았으면 씽하니 지나쳐버렸을 텐데 그날은 어쩐 일인지 그 아줌마를 만나 공손히 인사를 드렸던 것입니다.

선생, 아직도 장가 안 갔슈? 네, 아직 안 갔습니다. 그려……. 떠버리 아줌마는 유심히 나의 몰골을 아래위로 훑어보고는 가던 길을 계속해서 갔던 것입니다. 그 아줌마는 문산장(문산이란 곳에 서는 오일장)으로 장을 보러 가던 길이었습니다. 그런데 논둑길을 가던 참에 또 다른 한 사람 떠버리 아줌마를 만났다는 것입니다.

나는 문산장 보러 가는데 댁은 어디 가는 길이슈? 나 말이유? 나는 지금 들판 건너 동네 박 선생한테 우리 동네 참한 처녀 중매하러 가는 길이라우. 그래유. 그러면 거기 가기 전에 우리 동네 총각 선생 좀 먼저 만나보고 가시우. 그래서 두 떠버리 아줌마가 장에 가던 길 멈추고 중매하러 가던 길 멈추고 우리 학교로 나를 찾아왔지요.

마침 6학년 담임이라 손가락에 백묵 들고 열을 내어 아이들 가르치고 있는데 유리창 밖에서 아침에 만나 인사한 떠버리 아줌마가 나를 보고 좀 밖으로 나오라는 거예요. 그래 또 유순한 마음으로 나갔더니 웬 낯선 아줌마랑 나의 아래위를 훑어보는 거지 뭡니까?

좀 작네. 낯선 아주머니 입에서 나온 말이었지요. 그것은 내 키를 가리키는 말이었습니다. 그래 대충 이야기 듣고 신경질을 팍 내버렸어야 하는데 그날은 웬일인지 또 끝까지 유순한 사람이 되어 그러면 우리 집이 요 앞 동네이고 우리 어머니가 집에 계시니 그냥 가지 말고 우리 어머니 좀 만나 뵙고 가시라고 말을 했지 뭡니까.

그래서 맞선 보고 두어 번 만나고 뜨거운 여름철에 삼계탕 땀 뻘뻘 흘리며 먹고 약혼식이란 걸 하고, 부랴부랴 그해 10월 21일 장항 미라미예식장이란 데서 박목월 선생 주례로 박재삼, 박용래 시인 축하객으로 참석한 가운데 얼떨떨하게 결혼식을 했지요.

이렇게 서먹한 마음으로 결혼한 우리 아내 김성예 씨. 내가 시 쓰는 사람인 줄은 까마득하게 모르고 그냥 초등학교 선생을 하니까 밥은 굶지 않겠구나 그것만 믿고 시집을 온 것이지요. 산에 가 나뭇짐 꿍꿍 져다 부리고 마당 쓸고 부엌 아궁이 불을 때주는 실용품 남편을 원했는데 이건 잘못되어도 많이 잘못되어 얼치기 선비가 남편으로 걸렸지 뭡니까!

신접살림 차린 사랑방 책상 앞에서 내가 글을 쓰고 있는데 안방에서 어머니께서 "그 애 지금 뭐하고 있냐" 라고 물을 때 "네 지금 글씨를 쓰고 있어요." 라고 대답한 우리 아내 김성예 씨. 내면적 활동인 글쓰기와 외형적 활동인 글씨 쓰기를 처음부터 구별하지 못하는 사람이었던 것입니다. 그래도 어쩝니까? 일단 결혼했으니 그냥 살아봐야 할 밖에는.

결혼한 것이 1973년도이고 올해가 2016년도이니까 햇수로 쳐서 벌써 43년이나 되었지 뭡니까. 결혼하던 바로 그해 임신을 했는데 그만 나팔관임신이라 낙태하고 그게 잘못되어 두 번 연거푸 수술해서 그렇지 그때 만약 그 아이 제대로 태어났다면 마흔세 살쯤 되었을 연치입니다.

별로 맘에 들지 않는 남편이나마 남편이라고 잘 여겨주고 천신만고 끝에 아들 하나 딸 하나 낳아서 잘 길러서 가르쳐 결혼까지 잘 시켰으니 인생 성공이 아닌가 싶어요. 아이들 기르면서 아내의 소원은 그저 아이

결혼식장에서 신부 김성예와 함께(1973년 10월 21일)

들 대학 공부까지만 시켜 결혼시켜 세상에 내보내는 것이었거든요.

늘 가난한 집안 살림. 거기다가 글을 쓴다고 뜬구름 잡으러 다니고 늦게 학력갱신, 공부한답시고 통신대학 3년 전문대학 과정에다가 다시 2년 학사과정 편입, 그리고 교육대학원 3년 과정. 그런 뒤로는 초등학교 교감시험과 교감 연수받느라 곤두박질치는 남편, 옆에서 말없이 지켜보기만 했던 아내였지요. 얼마나 집안이 가난하고 힘들었으면 해마다 가을철이 되면 쌀과 연탄과 김장 세 가지만 준비하고 그것으로 삼동을 버텼을까요.

달마다 월급을 타면 그날 밤 딱 한 번만 돈을 세어 돈을 쓸 곳 따라 쪽지를 만들어 나누어 두면서 자기는 한 달에 한 번만 돈을 세는 여자라고 말하곤 했던 아내입니다. 그런 아내가 끝내는 입으로 시를 중얼거리고 떠듬떠듬 글을 쓰는 사람이 되었지요. 글씨 쓰는 것과 글을 쓰는 것을 구분 못 하던 그녀가 드디어 그것을 구별하게 된 것입니다.

귀시인,
입시인,
글시인

처음 아내는 시에 관해서 아무것도 가늠이 없고 아는 것이 없는 사람이었습니다. 글씨는 읽고 쓸 줄 알았지만 글쓰기에 대해서는 아예 문맹(文盲)이었고 문외한(門外漢)이었던 것이지요. 그런 아내가 글을 쓰는 사람하고 오랫동안 살다 보니 글에 대해서 무관심할 수 없고 점점 글에 대해서, 시에 대해서 한 발자국씩 가깝게 다가오기 시작했습니다.

옛날 중국 당나라 때 시인 백거이는 시를 쓰면 집안에서 일하는 여인에게 그 글을 읽어주고 소감을 듣고 비평을 받았다고 하지요. 비록 글씨를 모르는 여인이었지만 그 마음이나 정서만은 반듯하고 풍부해서 시를 들려주면 좋다 나쁘다 말을 했고 느끼는 바를 제대로 밝혔던 모양입니다. 그래서 시인(백거이)은 그 여인의 충고에 따라 글을 고치기도 하고 바꾸기도 하고 그랬다고 합니다.

이건 나의 경우도 마찬가지입니다. 시가 써지면 제일 먼저 읽어주는 사람이 아내이지요. 그건 결혼 초기부터 지금까지 계속 이어진 나의 한 습관이기도 합니다. 그래서 아내가 좋다 그러면 좋은 줄 알았고 모자라거나 모르겠다 그러면 손을 보기도 했던 게 사실입니다. 그러므로 아내는 내 시의 첫 번째 독자요 가장 가까운 비평가였던 셈입니다.

우리의 판소리에서 보면 귀명창이란 것이 있습니다. 판소리를 제대로 듣고 비평을 해주고 감상을 해주는 1급의 청중을 이르는 말입니다. 이런 말에서 힌트를 얻어 나는 아내를 한동안 '귀시인'이라 불렀습니다. 귀시인. 판소리에 귀명창이 있듯이 귀로만 시를 들을 줄 아는 시인이란 뜻이지요.

언제부턴가 아내는 입으로 시 비슷한 문장을 중얼거리기 시작했습니다. 주로 함께 여행을 하거나 산책을 할 때의 일입니다. 이런 아내를 보고 나는 다시 호칭을 바꾸어 '입시인'이라 이름 지어 불렀습니다. 입으로 시를 쓰는 시인이란 뜻이지요.

그러나 끝내 아내는 실지로 몇 편의 시를 글로 남기는 사람이 되었습니다. 시 쓰는 사람과 함께 산 날이 길어서 그런 것이고 아내의 마음속에 숨어 있던 시심이 발로한 것이고 시인적 자질이 밖으로 드러난 결과이겠습니다. 그래서 나는 이름을 다시 바꿔서 이번에는 '글시인'이란 말로 불렀습니다.

귀시인 → 입시인 → 글시인

재미난 변천입니다. 이 변천 속에 아내뿐만 아니라 시를 모르는 사람들의 마음속에 잠재되어 있는 시인적 자질과 그 가능성을 가늠해 볼 수 있지 않을까 싶습니다. 당신 안에 그 시인. 당신 안에는 당신만큼의 시인이 숨어 있다는 것을 잊지 마십시오. 우리가 맑은 마음일 때 내 자신의 영혼을 만날 수 있듯이 당신 마음 안에 숨어 있는 그 시인을 만나시기 바랍니다.

우리 남편

어디 갔냐구요?

우리 남편은 아주 바쁜 사람이에요

시 주우러 갔어요

어디로 갔냐구요?

잘 모르겠지만요

어제는 갑사 쪽

오늘은 논산 쪽이라나 봐요

꼬치꼬치 물으면 안 돼요

김춘수의 "꽃", 몽우 조셉킴, 240×330mm, 캔트지 수채, 2015

그걸 나는 알아요

배낭 메고 자전거 타고 신나게

뒤도 돌아보지 않고 갔어요

메고 간 배낭 가득 시를 담아

가지고 돌아올 거예요

그건 분명해요.

—〈우리 남편〉, 김성예, 2007. 12. 15

글로 표현된 아내의 첫 번째 작품입니다. 2007년 3월부터 8월까지 죽을병에 걸려 대전을지대학병원과 서울아산병원에서 6개월 동안 투병생활을 하고 퇴원하여 교직에서 퇴임하고 집에만 지낼 때의 일입니다.

징그러운 병원생활의 기억에서 빠져나오고 싶었고, 또 공주에 대한 책을 한 권 쓰고 싶어서 자료 조사차 자전거를 타고 공주의 곳곳을 싸돌아다니던 때의 일입니다.

아침에 한번 집을 나섰다 그러면 저녁 시간에야 돌아오곤 했지요. 그것도 아침 일찍 자전거를 타고 버스터미널까지 가서 버스를 타고 다니며 그러던 시절의 일입니다.

지켜보는 아내의 마음이 많이 답답했을 것입니다. 그래도 남편이 좋다고 하는 일이니 말리지 않은 아내가 고마운 일이었지요. 아침 식사를 마치고 배낭에 카메라와 필기도구를 넣어 가지고 자전거를 타고 나가는 남편을 아내는 늘 9층 아파트 베란다 문을 열고 손 흔들어 배웅하곤 했습니다.

어느 날 저녁에 돌아왔을 때 아내가 보여준 시가 이 글입니다. 속으로 적잖이 놀랐지요. 아, 이 사람이 드디어 시 비슷한 것을 썼구나. 글을 읽어보면 어딘가로 떠나는 사람을 뒤에서 지켜보는 사람의 쓸쓸함과 그 사람에게 거는 기대 같은 것이 들어 있음을 압니다.

꽃잎 눈

눈이 내리고 있다

매화나무 아래 매화꽃 지듯
나폴나폴 어쩜 저리
얌전히도 내리는 걸까
버선발로 조심조심 다가서듯

새아기 신혼여행 마치고
인사 오는 날 아침
아가야 너보다

눈이 먼저 찾아왔구나.

—〈꽃잎 눈〉, 김성예, 2009, 12, 20

내가 병원에서 어렵게 건강을 되찾고 퇴원을 한 뒤 아내와 나는 2년 정도 세상의 일엔 일체 신경을 쓰지 않고 오직 건강을 되찾는 일과 마음을 편안히 하는 일에 집중하면서 살았습니다. 밤늦도록 《성경》을 읽고 아침에는 느지막이 일어나 가까운 산을 찾아 천천히 올라가 정상에서 기도를 하면서 내려오는 그런 생활이었습니다.

그러다가 공주문화원장으로 일하기 시작한 것은 2009년 7월. 생각지도 않은 일터가 새로 생긴 것이지요. 감사하는 마음으로 지내고 있었는데 아들아이가 또 기쁜 소식을 가져왔지요. 그것은 제가 맘에 드는 아내감을 골라 결혼식을 하겠다는 것이었습니다. 아들아이의 결혼에 누구보다 만족해 하면서 좋아한 사람은 아내였습니다. 엄마로서 소원을 풀었다는 것이었습니다.

결혼식은 그해 12월 12일. 결혼식을 마치고 바로 해외로 신혼을 떠났으니 위의 글은 아들 내외가 신혼여행에서 돌아와 근친(覲親)을 오는 날 아침에 쓴 글인가 봅니다. 마음에 기다림이 있고 기쁨이 있으니 하늘에서 내려오는 눈조차 꽃으로 보였던가 봅니다. 꽃 가운데서도 '매화꽃'이고 활짝 피었다 지는 매화꽃입니다.

더 나아가 '조심조심 다가서는' 한 여인네입니다. '버선발'을 신었다고 말하고 있습니다. 이 버선발에서 갓 결혼한 신부의 이미지가 살아나고 있습니다. 어쩌면 아내 자신이 신혼 시절 버선을 즐겨 신었던 추억을 은연중 되살렸는지도 모를 일입니다.

그런데 다음 연에서 그만 '새아기'로 표현의 대상이 급히 바뀝니다. 자연(눈)에서 인간(새아기)으로 옮겨간 것이지요. 약간의 암시가 없었던 것은 아니지만 이러한 반전이 신선한 느낌을 동반하기도 합니다. '새아기'는 '신혼여행을 마치고/ 인사하러 오는' 새아기입니다. 아마도 오후 시간에 약속이 잡혔고 눈이 온 것은 아침이었던가 봅니다.

이 시에서 느끼는 감정은 기쁨이고 설렘이고 기다림입니다. 그러한 감정을 가진 사람이기에 평범한 눈도 평범한 눈이 되지 않고 특별한 눈이 됩니다. 인간의 감정에 의해 철저히 물이 드는 자연이고 대상입니다. 이렇게 시란 것은 감정을 가지고 대상을 바라보는 것부터 출발하는 것이라고 할 수 있겠습니다.

‘비단강’을 첫 글자 운으로

‘비’오는 새벽녘에 잠 설쳐 깨어보니

‘단’숨에 그 님 생각 내 마음 감당 못해

‘강’한 맘 움켜주고서 달려가네 님께로.

—〈‘비단강’을 첫 글자 운으로(시조시)〉, 김성예, 2012. 3. 25

나는 두 번에 걸쳐 아내와 함께 미국 엘에이 지역 문인들의 초청을 받아 문학 강연을 하러 간 일이 있습니다. 번번이 15일씩, 여유 있는 일정이었습니다. 재미교포가 운영하는 호텔에서 지내면서 현지여행사를 통해 여행도 다니고 여러 문학단체에 불려다니며 강연도 하고 사람들도 만나고 그랬지요.

그런 가운데 한번은 엘에이 근교 오렌지카운티에 본부를 둔 글마루 문학동인회의 초청으로 갔던 빅베어산장의 문학캠프였습니다. 김동찬 시인과 정해정 작가가 주축인 문학모임인데 회원도 많았고 회원들의 우의도 좋았습니다.

우리가 찾아간 산장은 매우 아담하고 분위기 넘치는 산장이었는데 계절이 3월인데도 눈이 아직 남아 있었고 눈 속에 샛노란 수선화가 피어 있는 게 신기로웠습니다. 산장 이름이 '위스퍼링 파인스 캐빈(Whispering Pines Cabin)', 아마도 우리말로는 '솔바람소리 오두막' 정도가 되었을 것입니다.

그곳의 저녁 시간, 나의 문학 강연이 있었고 그다음엔 시조 쓰기 백일장이 있었습니다. 한국에서도 잘 하지 않는 시조 쓰기를 이국에 사는 교포문인들이 한다는 것이 참 놀라웠습니다. 시조의 3장, 장마다 첫 글자로 쓸 운을 날더러 내라 그래서 나는 내 작품 제목 가운데 '비단강'이 생각나 그것으로 했습니다.

심사위원은 김호길 시인. 그는 또 70년대에 등단한 시조시인으로

2012.10.21,
아내와 미국 세도나 여행길

세 가족, 몽우 조셉킴, 220×275mm, 캔버스 유채, 2004

대한항공 비행사로 근무하다가 아예 미국으로 이민 간 교포문인입니다. 나와는 젊은 시절부터 알고 지내던 사이였습니다. 참가한 사람들이 자유롭게 시조시 형식과 운자에 맞추어 시조를 짓기만 하면 되는 그런 백일장이었습니다.

그런데 아내도 한번 써보고 싶다지 뭡니까? 나더러 도와달랬지만 도와줄 수가 없었습니다. 아내는 우리한테 배정된 방갈로 침대 위에 올라가 엎드려 글을 썼습니다. 궁둥이를 천정으로 바짝 치켜올리고 다람쥐 자세로 글을 쓰는 모습이 매우 우스꽝스러웠지만 나는 차마 웃을 수가 없었습니다.

정해진 시간이 지나 작품을 모은 뒤, 김호길 시인이 꼼꼼히 읽고 심사 발표를 했는데 글쎄 김성예의 글이 차상, 2등상을 받았지 뭡니까. 절대로 내가 거들어준 일이 아닙니다. 아내가 외우는 몇 개 안 되는 글 가운데 홍랑이란 조선시대 기생의 시조 한 편이 있습니다.

산버들 가려 꺾어 보냅니다 님의 손에
주무시는 창밖에 심어두고 보오소서
밤비에 새잎 나거든 날인가도 여기소서

그런 애절한 사랑과 이별의 시입니다. 이 시를 외워두었다가 살짝 비틀어 패러디한 글이 바로 아내의 글입니다. 이렇게 좋은 글을 외우는 일은 글쓰기에 아주 많은 도움을 준다고 할 수 있겠습니다.

——— 연

5월이 지나는 것도

모르고 살았는데

개울가에 나와 보니

연꽃 봉오리 벌었네

고맙다 연아

여름이 오는 것을

연이 알려주네.

—〈연〉, 김성예, 2012. 6. 10

그렇게 미국여행을 마치고 돌아온 다음 날 우리 가정에는 벼락을 치는 듯한 놀랍고도 무서운 사건이 일어났습니다. 아니, 기다리고 있었습니다. 그때의 기록이 남아 있기에 옮겨봅니다.

내가 미국여행에서 돌아온 날이 2012월 3월 29일 저녁. 돌아와 그 다음날 그만 우리 며느리가 세상을 버리고 말았다. 내가 무척이나 사랑했던 아이. 며느리였지만 소중한 마음으로 제대로 바라보지도 못했던 아이. 이름조차 부르지 못해 늘 유 선생이라 불렀던 아이. 무엇보다도 우리 손자아이 어진이의 어머니. 어진이

낙원, 몽우 조셉킴, 160×640mm, **캔버스 유채**, 2004

가 자라서 어머니를 찾을 때 나는 무엇이라 답을 해야 할 것인가? 울면서 며늘아기의 묘비명을 적는다. 아, 내가 글을 쓸 줄 아는 것을 배워 겨우 이런 데다가 써먹는구나. 글쓰는 사람이 이런 때처럼 욕된 적이 또 있을까! 차라리 글쓰는 일을 폐하고 싶다.

— 2012년 4월 1일 1시

며느리 유수정 1979~2012

꿈처럼 왔다가 꿈처럼 살다가 꿈처럼 갔다

지상에서의 33년

울면서 매달리는 남편과

두 돌도 채 되지 못한 아기의 손을 놓고

하늘로 돌아갔다

나 또한 사랑했던 며늘아기 수정아

무엇이 그리도 급해서

그리도 빨리 우리 곁을 떠났느냐

하늘나라에서 부디 편히 지내거라

이다음에 우리 눈물 없이 만나자

아버지 나태주

앞의 글은 그날의 심경을 새벽 1시에 일어나 적은 글이고 뒤의 글은 내가 준비한 며느리의 묘비명입니다. 내 아들의 아내였던 여자. 내 손자의 엄마였던 여자. 며느리가 세상을 버린 후 아내는 세상 사람들 부끄럽다면서 두문불출 집에서만 지냈습니다.

그러다가 아파트 문을 열고 처음 집 밖으로 나온 것이 앞의 시 〈연〉을 쓴 날입니다. 기록으로 보니 6월 10일로 되어 있습니다. 그렇다면 두 달 열흘 만에 문밖출입을 한 셈입니다. 문화원으로 출근하는 나를 따라 아파트 아래 개울가 다리 위까지 왔을 때 다리 아래 개울에는 백색 수련이 피어서 햇빛 속에 환하게 웃고 있었습니다.

그걸 보자 아내가 반색을 하면서 입으로 내뱉은 말이 바로 시가 된 것입니다. 내가 옆에서 몇 마디 거들어주었습니다. 처음 한 말을 기억하면서 다시 외워봐라, 그 말보다는 다른 말을 넣어서 외워보라, 그렇게 해서 이 시가 완성되었습니다. 아내와 함께 중얼거렸던 시들을 차례로 적어보면 아래와 같습니다.

A

고맙다 연아/ 여름이 오는 것을/ 연이 알려주네.

B

고맙다/ 여름이 오는 것을/ 연이 알려주네.

C

고맙다/ 여름이 오는 것도 몰랐는데/ 개울가에 연이 알려주네.

D

오월이 지나는 것도/ 모르고 살았는데/ 개울가에 나와 보니/ 연꽃 봉오리 맺혔네(벌었네)/ 고맙다 연아/ 여름이 오는 것을/ 연이 알려주네(네가 알려주네).

영산홍

너는 어찌 그렇게

예쁘게 피어

나를 황홀하게 하니?

혼자 보기 너무 아깝다.

―〈영산홍〉, 김성예, 2008. 4. 23

한두 번 시를 써보고 난 아내는 시 쓰기에 부쩍 흥미를 보였습니다. 그러나 아내가 쓰는 시는 수준이 높은 시도 아니고 발전이 있는 시도 아니었습니다. 시집을 많이 읽지 않고 문학공부를 전문적으로 하지 않은 까닭입니다.

그래도 나는 아내의 시 쓰기가 신통하다고 생각했습니다. 아내는 또 시 비슷한 글이 써지면 나의 홈페이지에 올려달라고 졸라대곤 했습니다. 나이 든 여자지만 이런 때는 여간 귀여운 게 아닙니다.

위의 시 〈영산홍〉도 어느 날 영산홍이란 꽃을 보고 나서의 자기 나름대로의 감흥을 표현한 글입니다. 매우 단출한 글. 수식도 없고 문장도 두 문장밖에 되지 않는 글. 솔직성과 소박성이 이 글의 특징이라면 특징일까요. 나의 홈페이지에 이 글을 올리고 그 밑에 내가 단 글이 있기에 옮겨봅니다.

꼭 담임선생이 학생의 글을 보고 소감으로 쓴 것 같은 글입니다. 이런 데서도 나는 오랫 동안 머물렀던 교직생활을 완전히 탈피하지 못하는 어리석음이 있습니다.

*여보, 바로 그거예요. 그게 바로 시예요. 영산홍을 어찌 사람이 표현할 수 있겠어요? 영산홍은 영산홍으로밖에는 표현할 수 없어요. 다만 사람은 그 느낌만 받아 쓸 수밖에 없어요. 느낌의 받아쓰기. 바로 그게 시예요. 참 잘 썼어요. 몇 점 줄까요? 한 70점 정도 줄까요?

가을

참새 떼가

낙엽처럼

떨어지네

낙엽이

참새 떼처럼

날아가네.

—〈가을〉, 김성예, 2015. 8. 28

이 시도 매우 단조롭고 짧은 글입니다. 마치 어린아이가 쓴 글 같은 느낌마저 듭니다. 어느 날이었지 싶어요. 함께 외출했다가 공주의 한 골목길을 걸어오고 있었습니다. 저녁 무렵. 늦여름인데도 벌써 저녁 골목길은 서늘한 기운이 돌았습니다.

우리가 가는 골목길에 커다란 은행나무 한 그루가 서 있었습니다. 그 은행나무 우거진 가지와 이파리 속으로 참새들이 우르르 날아가 앉았습니다. 저녁이 되어 새들이 자고 갈 집으로 은행나무를 택했던가 봅니다.

이런 풍경과 분위기를 보면서 그 자리에서 아내가 한 말이 바로 이 시입니다. 역시 두 문장. 1연은 '참새 떼'를 '낙엽'에 비겨서 표현했고 2연은 '낙엽'을 '참새 떼'에 비겼습니다.

아내는 은유니 직유니 하는 비유법에 대해서는 그 단어조차 모르는 사람입니다. 더구나 메타포니 엠퍼시니 하는 영어 단어는 더욱 알지 못하는 사람입니다. 그런데도 이렇게 비유법으로 글을 썼습니다. 어쩌면 이것이 할 줄 아는 능력이 아닐까 싶습니다.

그렇습니다. 아는 능력보다 훨씬 더 좋은 것은 할 줄 아는 능력입니다. 아무리 밥을 짓는 방법이나 김치 담그기를 책으로 배워 잘 안다 해도 실지로 할 줄 모르면 아무것도 모르는 것이나 마찬가지입니다.

음식은 손맛에서 나오고 글 또한 손과 가슴에서 나온다 하겠습니다. 역시 나의 홈페이지에 아내의 글과 함께 올렸던 글이 있어 옮겨봅니다.

'시는 우리 주변에 무수히 많다. 그것을 찾는 것이 시 쓰기다. 그러기 위해서는 밝은 귀와 눈이 필요하다. 아직도 시인들은 그것을 다 찾지 못했다. 그것을 찾기만 하면 그 사람이 주인이 된다.'

겨울 오리

강물에 오리 떼가

불린 콩을 뿌려놓은 듯하네

추워서 그럴까 아니면

꿈을 꾸고 있는 걸까

모가지를 쭉지 밑에 넣었네

겨울마다 오리가 궁금하다.

—〈겨울 오리〉, 김성예, 2015. 12. 28

가장 최근에 쓴 아내의 시입니다. 지난겨울 우리는 아는 사람의 승용차를 타고 부여 쪽으로 가고 있었습니다. 우리는 자가용이 없는 사람들이므로 누군가의 승용차를 타면 기분이 좋아지는 경향이 있습니다.

그날도 승용차를 탔기 때문에 우리 둘이는 기분이 상쾌해졌던 모양입니다. 아내가 오리 얘기를 꺼냈습니다. 마침 자동차는 금강변 도로를 달리고 있었고 금강 위에는 겨울철을 맞아 이 땅을 찾아온 오리들이 강물 위에 떠서 놀고 있었습니다.

역시 아내는 여자입니다. 여자 가운데서도 살림살이를 오래 동안 해온 주부입니다. 오리도 주부의 눈에는 '콩'으로 보입니다. 콩 가운데서도 '불린 콩'으로 보입니다. 남성인 나 같은 사람은 절대로 생각해낼 수 없는 상상이요 비유입니다.

대번에 이 글을 쓴 사람이 나이가 제법 든 여성이라는 것을 짐작하게 합니다. 그것도 집에서 가족들이랑 살림을 오래 동안 해온 인물이란 것을 알게 합니다. 이렇게 문장이란 것은 숨김이 없고 많은 것들을 부수적으로 이야기해줍니다.

그다음은 호기심입니다. 강물 위에 떠 있는 오리가 더러 죽지 밑에 머리를 처박은 모습을 보고 '추워서 그럴까', 아니면 '꿈을 꾸고 있는' 것일까 궁금해합니다. 무심히 지나쳐도 될 일인데 아무래도 궁금해지는 것은 어려서부터의 생각이 남아 있어서 그런 게 아닌가 싶습니다.

'겨울마다 오리가 궁금하다.' 마지막 문장이 매우 귀엽습니다. 어린아이가 말하는 투로 시의 마무리를 했습니다. 이 시에 나오는 '쭉지'란 말은 정확하게 말하면 오기(잘못 쓴 말)입니다. 그러나 충청도 지방에서는 '새의 날개가 몸에 붙은 부분'을 가리키는 '죽지'를 '쭉지'라고 쓰기도 합니다.

산문에서는 대화문을 제외하고서는 지문(바탕글)에서는 표준어를 사용하는 것이 원칙입니다. 그러나 시에서는 때로 사투리라고 말해지는 지방어도 충분히 매력적으로 사용할 수 있습니다. 오히려 지방어가 더욱 좋은 효과를 보이기도 합니다.

백석 시의 북관 언어(정확히 평안도 말), 박목월 시의 경상도 언어, 김영랑 시의 전라도 언어가 그 좋은 본보기라 하겠습니다.

개처럼

아침 밥상에 모처럼

익힌 꽃게가 한 마리 통째로 올라와 있었다

꽃게가 담긴 접시를 들고 식탁의

구석진 자리 의자에 가 앉았다

왜 귀퉁이에 들어가 앉고 그래요?

응, 어렸을 때부터 맛있는 것이 있으면

구석진 곳에 가서 먹었거든

개처럼?

비유가 좀 그렇다!

우리는 마주 보며 모처럼 크게 웃었다.

—〈개처럼〉, 나태주, 2010. 4. 17

지금부터 소개하는 글은 나의 시 몇 편입니다. 굳이 여기에 나의 시들을 소개하는 것은 이 시들을 아내와 함께 썼거나 시 속에 아내의 체취가 강하게 스며 있기에 그러는 것입니다.

우선 첫 번째로 〈개처럼〉을 봅니다. 항용(흔히) 개라는 말은 아주 속되거나 나쁘거나 천대하는 뜻으로 사용되어왔습니다. 개나리, 개살구, 개망초, 개망나니 등이 그렇습니다. '개'라는 말은 부정의 의미나 상징으로도 사용되었던 게 사실입니다.

그러나 나는 그런 통설, 기본관념을 넘어서고 싶었습니다. 대개 '개처럼'이라고 그러면 아주 나쁜 것에 해당됩니다. 그 '개처럼' 나쁜 것, 부정의 한 가운데에 우리 내외 두 사람을 한번 넣어보고 싶었습니다.

아내와 나는 서로가 농담을 잘하고 가끔은 서로가 웃기기도 하고 장난도 잘 칩니다. 특히 아내는 겉보기와는 달리 유머 감각이 있고 제법 위트가 있는 사람입니다. 안 웃기는 척 웃기는 그런 사람이지요. 굳이 분석적 방법은 아니지만 앞의 시의 구조를 다시 살펴봅니다.

아침 밥상에 모처럼
익힌 꽃게가 한 마리 통째로 올라와 있었다 -------------------- 아침 식탁 풍경

꽃게가 담긴 접시를 들고 식탁의
구석진 자리 의자에 가 앉았다 -------------------- 남편의 행동

왜 귀퉁이에 들어가 앉고 그래요? -------------------- 아내의 말(질문)

응, 어렸을 때부터 맛있는 것이 있으면
구석진 곳에 가서 먹었거든 -------------------- 남편의 말(대답)

개처럼? -------------------- 아내의 말

비유가 좀 그렇다! -------------------- 남편의 말

우리는 마주 보며 모처럼 크게 웃었다. -------------------- 두 사람의 행동,
혹은 마무리 말

앞의 살핌으로 해서 우리는 대번에 이 시가 대화내용으로 구성되어 있음을 알게 됩니다. 그렇습니다. 시 쓰기에서 가장 중요한 것 가운데 하나는 대화법입니다. 혼자서 주고받는 대화를 독백이라고 했을 것입니다. 두 사람이 주고받는 대화는 더욱 경쾌한 분위기를 연출해냅니다.

시를 쓸 때는 이렇게 대화법을 적절히 활용해볼 일입니다. 시의 소재는 의외로 가까운 곳에 많습니다. 사람일 경우 가족 가운데서 찾아보는 것이 좋고, 물건일 경우 집안에서 찾아보는 것이 좋고, 자연일 경우 주변의 나무나 새나 꽃, 풀, 구름 같은 것들이 충분히 좋은 글감을 제공해줄 것입니다.

시 쓰기는 말하듯이(몇 번이고 되풀이하는 말이지만), 쉬운 말로 급한 말부터 순서를 잡아서 차근차근 대화하듯이, 혹은 자문자답(독백)하듯이 쓰는 것이 좋습니다.

개밥

올해 내 나이 68세

아내는 64세

나는 아내가

밥을 줄 때만 좋아하고

아내는 내가 용돈을

줄 때만 좋아한다

그런 우리는 서로

개밥을 준다고 말을 한다.

—〈개밥〉, 나태주, 2012. 4. 20

이 시도 아내와 함께 쓴 시인데 '개밥'이란 두 가지 뜻을 지닌 말입니다. 하나는 실지로 개에게 주는 밥을 말하고, 하나는 천한 그 무엇이거나 대가(代價)를 가리키는 말이기도 합니다.

장난스런 말을 곧잘 하는 아내 김성예 씨. 내가 어쩌다 용돈을 주면 '이거 나한테 개밥 주는 거예요?' 하고 말했을지도 모릅니다. 그 말을 들어두었다가 아내가 밥을 차려주었을 때 나는 또 '이거 나한테 개밥 주는 거여?'라고 되받아 말했을지도 모릅니다.

아내한테는 내가 주는 용돈이 개밥이고 나한테는 아내가 차려주는 밥이 개밥입니다. 날마다 얼굴 대하며 사는 부부. 따분하고 권태로울 수도 있습니다. 그렇지만 40년도 넘게 함께 산 부부는 그런 따분함과 권태로움을 뛰어넘습니다.

이제 우리 두 사람은 여성도 아니고 남성도 아닌 제각기 한 사람씩 인간일 뿐입니다. 이 얼마나 홀가분하고 좋은 인간관계입니까. 나는 때로 이야기합니다. '물보다 진한 것은 피고, 피보다 진한 것은 시간이다.' 그렇지요. 피보다 진한 시간을 가장 많이 함께해온 사람들이 부부입니다.

아파트 9층

당신 뒤로는 그림입니다.

비가 오고 바람 불어도
지워지지 않는 그림

아닙니다
비가 오고 바람 불면
더욱 예쁘게 살아나는
그림입니다

당신이나 오래

보시기 바랍니다.

—〈아파트 9층〉, 나태주, 2016. 1. 15

이 시는 완전히 대화로만 구성된 작품입니다. 우리 집은 공주시의 변두리 마을인 금학동에 지어진 아주 오래된 낡은 아파트입니다. 13층까지 있지만 우리 집은 9층에 있습니다. 벌써 26년도 넘게 살고 있는 집입니다. 보다 젊은 사람들은 새로 지은 아파트를 찾아가고 심지어 세종시 쪽으로 넘어가지만 우리는 그럴 이유가 없습니다.

충분히 이 아파트가 우리에게 적당하고(알맞고) 좋기 때문입니다. 자연을 좋아하는데 가까이 산과 개울과 같은 자연이 있고 주변 분위기가 조용해서 이 마을을 떠나기가 어렵습니다. 아니, 그럴 생각이 전혀 없습니다.

우리 집 9층 아파트에서 유리창을 통해서 바라보는 바깥 풍경이 참 좋습니다. 특히 식탁의 내 자리에서 바라보는 바깥 풍경이 일품입니다. 넓은 통유리창으로 산이 보이고 하늘이 보입니다. 그 산과 하늘은 그대로 살아서 움직이는 그림입니다.

그림이라도 계절 따라 변하는 그림입니다. 사계절이 제각기 다른 아름다운 그림입니다. 특히 아내를 앞에 두고 아내의 등 뒤로 펼쳐지는 그림은 더욱 아름답습니다. 그런 그림을 보면서 나는 짐짓 나만 아는 미소를 머금곤 합니다.

아내는 아예 묻지도 않습니다. 나의 미소의 뜻을 그쪽이 벌써 알았다는 것이겠지요. 이렇게 서로 말없이도 통하는 사이가 오래된 두 사람에게 참 좋은 시간을 제공합니다. 역시 부부는 오래 살아놓고 보아야 할 일입니다. 이런 인간관계를 허락하신 하나님께 감사하는 까닭이 여기에 있습니다.

이 시를 다시 한 번 읽어보면서 두 사람의 대화를 들여다보기로 합니다.

당신 뒤로는 그림입니다. (나태주)

비가 오고 바람 불어도
지워지지 않는 그림 (김성예)

아닙니다
비가 오고 바람 불면
더욱 예쁘게 살아나는
그림입니다 (나태주)

당신이나 오래
보시기 바랍니다. (김성예)

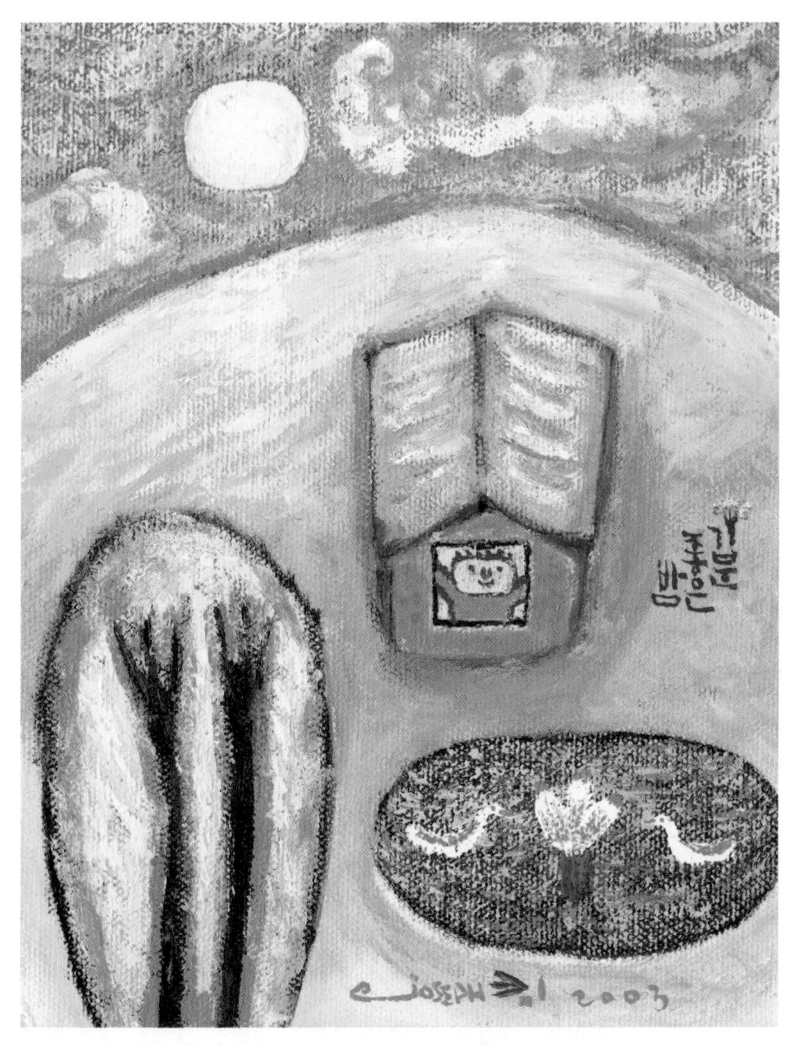

기분 좋은 밤, 몽우 조셉킴, 155×185mm, 캔버스 유채, 2003

시 할아버지

아내 김성예의 산문

시를 쓰려면 무당이 점을 칠 때 신할아버지가 와야 하는 것처럼 시의 할아버지가 찾아와야 합니다. 그런 점에서 시인은 또 다른 무당이라 할 수 있습니다. 시인들은 아예 시의 할아버지를 그의 머릿속에 데리고 사는 사람들입니다. 그래서 화장실에 갈 때나 잠을 잘 때만 잠시 시의 할아버지가 뒷짐을 지고 돌아앉아 있거나 하는 일을 쉽니다.

그러나 나 같은 보통 사람은 시의 할아버지가 자주 찾아오지 않습니다. 그래도 나는 다른 사람들과는 조금은 다른 점이 있나 봅니다. 가령 금학동 수원지 산책길을 동네 친구들이랑 돌 때도 친구들이 보지 못하는 것을 나는 봅니다. 아니, 보려고 노력합니다. 다른 사람들은 이야기만 하지만 나는 그들과 이야기를 하면서도 둘레의 사물들을 살펴봅니다.

하나의 관찰이지요. 이 관찰하는 버릇은 남편한테서 배운 것입니다. 시인인 남편은 무엇이든 예사로 보는 일이 없지요. 그러다 보면 가슴이 나도 모르게 벅차오를 때가 많습니다. 사물은 하나도 같은 것이 없고 한 번도 같은 때가 없습니다. 나는 이것이 놀랍습니다. 나는 사물이 언제나 변하고 무엇이나 다르다는 것을 압니다. 그래서 사물은 언제나 새롭고 언제나 싱싱합니다.

입에서 이것 좀 봐, 이것 좀 봐, 하는 소리가 저절로 나옵니다. 생명력을 느낍니다. 저수지 물 위에서 노는 몇 마리의 오리, 반짝이는 물결이며 햇빛, 물가에 허리를 굽히고 서 있는 나무들, 저녁 햇빛에 어둠이 짙어지는 수풀…… 어쩌면 그런 것들을 보는 것이 바로 내가 다른 사람과 조금은 다른 점이라 하겠습니다.

시를 써보고 싶다는 생각이 들 때도 바로 이런 때입니다. 그렇지만 시는 쉽게 써지지 않습니다. 남편과 함께 살면서 나는 시 비슷한 글을 몇 차례 써보았습니다. 남편의 도움을 받아서 쓴 글들이지요. 그런 때가 바로 시의 할아버지가 나를 찾아온 때가 아닌가 싶습니다. 나같은 보통 사람이 시를 쓰기는 어려운 일이고 시의 할아버지가 찾아오기 또한 힘든 일입니다.

남편과 이야기를 하면서 나는 남편에게 이런 농담을 던져보기도 합니다. "나는 당신을 능가하지는 못해도 응가는 할 수는 있어요!"

자세히 보아야
예쁘다

오래 보아야
사랑스럽다

너도 그렇다.

4부 •

나의 시 이렇게 썼다

생명의 대화, 몽우 조셉킴, 155×185mm, 캔버스 유채, 2004

소년시 두 편

은영 씨. 나에게도 '문청'이라고 말하는 문학청년 시절이 있었습니다. 아니, 그 전에 문학소년 시절이 길게, 아주 길게 있었습니다. 초등학교 교사가 되라고 아버지가 애써서 보내주신 학교인 공주사범학교 시절의 일입니다. 오늘날 고등학교 마침의(동급의), 말하자면 실업계 고등학교 같은 학교였는데 나는 그 학교의 막내졸업생이었고 그 학교에서 그만 시의 바이러스에 감염되고 만 것입니다.

누구라도 시의 바이러스에 한 번 감염이 되면 일생 동안 고쳐지지 않는 시의 고질병을 앓게 됩니다. 가장 좋은 건 정면으로 대응하여 시를 쓰고 시의 세계에 들어가 시와 마주 싸우는 방법밖에는 없습니다. 열여섯 어린 나이인데도 나에게는 마침 그런 용기(아니 만용)가 있었고 나는 끝내 시인이 되고 말았지요.

동급생인 한 여학생에 혹해버린 것입니다. 그래서 그 여학생에게로 가는 마음을 어떻게든 마음 밖으로 표현해내고 싶었던 것입니다. 그렇지 않고서는 도저히 살아남을 수 없을 것 같은 마음의, 정서적 위기를 느꼈던 것이지요. 그야말로 그것은 미친 짓에 가까운 막무가내기 열정 같은 것이었지요.

만 나이로 열다섯에서 열입곱까지 3년 동안을 한 여학생의 모습을 좇다가 학창생활은 엉망인 성적으로 끝이 났고 나는 지극히 섬약하고 조그만 문학청년으로 변해 있었던 것입니다. 날마다 쉬지 않고 시를 읽고 쓴다는 것은 숭고한 나의 일생의 과업이 되었습니다.

직장인으로서도 생활인으로서도 많이는 불리한 조건입니다. 그렇지만 그것을 끝까지 감내한 결과가 오늘날 나의 모습입니다. 중학생 시절 읽은 시 가운데 기억나는 시는 겨우 두세 편. 박목월 시인의 〈산이 날 에워싸고〉와 유치환 시인의 〈춘신〉, 당나라 시인 유장경의 〈설야〉 정도.

고등학교 시절 신석정의 초기 시집 두 권을 만났고, 《청록집》을 베꼈고 김소월, 윤동주, 김영랑, 박목월 같은 시인에 심취했습니다. 《한국 전후 문제 시집》 같은 책은 교과서에 버금이었으며 외국시인으로는 독일 시인 헤르만 헤세와 라이너 마리아 릴케를 만나 행복했습니다. 이것이 나의 문학소년 시절 전말의 대강입니다.

빈혈로 비틀거리는 한 창백한 청년 앞에 몇 편의 시가 남았습니다.

다행히 그 자취가 글로 책으로 남았기에 거기서 두 편만 골라 옮겨봅니다. 누구에게나 이렇게도 빈약하고 왜소한 시절이 있게 마련이라고. 그것을 보면서 은영 씨도 시 쓰기에 용기를 내보라고. 그런 뜻에서 이 시들을 읽어주기 바랍니다.

밝은 거리의 가게마다
놓여지는 사과
이것은 욕되지 않게 보듬은 가슴
차라리 윤기 나는
수줍음.

이 밝은 얼굴은
앳된 향이 흐르는
슬픔이 아닌 그리움의
조용한 꽃.

지금 저것은
불빛 아래
다시금 익어가는
낯선 아이다.

—〈사과〉, 나태주, 1962

내가 가는 길은
치솟아 환히 뻗은 길
사계절 중
가을철이 유난히 긴 1년의
어느 가을날.

새들이 노래하며
축복에 묻혀
바람에 펄럭이는 옷깃을 여미며
가슴 설레는 여행.

꽃이 떨어지고
잎이 푸르며
나는 커서 나이를 먹는데
어쩌다가 하늘을 우러르는 시간.

내가 가는 길에
언제나 환한 빛이
가난한 축복이 내려지길 비는 마음
언제나 가을철.

밝은 바람과 구름

나무는 늙고

환히 빛나는 길 위에

한 점 오락가락

구름 그림자.

—〈길〉, 나태주, 1963

앞의 시 〈사과〉는 소품의 시지만 꽤나 귀엽고 사랑스런 내용입니다. 사과를 글쎄 '아이'로 보았군요. 이 또한 의인법입니다. 그래서 사과에서 인간의 '수줍음'을 보았고 '밝은 얼굴'을 읽었고 '그리움의 조용한 꽃'을 유추해냈군요. 열일곱 소년의 작품이기에 그런대로 의미부여를 하면서 읽어보았습니다.

뒤의 시는 공주대학교의 학보인 〈웅진계보〉 창간호에 발표한 작품인데 나로서는 최초로 청탁을 받아서 쓴 작품입니다. 우리 학교가 있던 캠퍼스 안에 공주교육대학이 새로 설립되어 우리는 그들과 함께 공부를 하던 시절입니다.

〈대학신문〉을 창간하고 그 창간호에 축시를 겸한 학생의 시 한 편을 싣고 싶었는데 교육대학 학생 가운데는 시를 쓰는 학생이 없어 사범학교에 다니던 나에게 청탁이 온 것입니다. 마침 우리 학교 사회과 지리 담당 선생님이던 나도승 선생님이 교육대학의 교수님을 겸하고 있어서 가능했던 일입니다.

그때 바로 나도승 선생님이 학보사 초대 주간이셨거든요. 아무튼 꿈결같이 오랜 옛날의 이야기입니다. 이 시에서 나는 내 자신의 일생을 스스로 축복하고 있습니다. 자축입니다. 이런 일생을 살겠다, 아니 이런 일생이 되었으면 좋겠다고 마음하고 있는 것입니다.

계절은 가을철. 삶은 여행. 그 여행길에 만나는 '구름 그림자'. '하늘을 우러르는 시간'. 과연 그것이 나의 인생길에 허락되었던가! 돌아보아 그저 감사하고 가득하고 눈물겨울 따름입니다.

대숲 아래서

1

바람은 구름을 몰고

구름은 생각을 몰고

다시 생각은 대숲을 몰고

대숲 아래 내 마음은 낙엽을 몬다.

2

밤새도록 댓잎에 별빛 어리듯

그슬린 등피에는 네 얼굴이 어리고

밤 깊어 대숲에는 후둑이다 가는 밤 소나기 소리.

그리고도 간간이 사운대다 가는 밤바람 소리.

3

어제는 보고 싶다 편지 쓰고

어젯밤 꿈엔 너를 만나 쓰러져 울었다.

자고 나니 눈두덩엔 메마른 눈물자죽,

문을 여니 산골엔 실비단 안개.

4

모두가 내 것만은 아닌 가을,

해 지는 서녘구름만이 내 차지다.

동구 밖에 떠드는 애들의

소리만이 내 차지다.

또한 동구 밖에서부터 피어오르는

밤안개만이 내 차지다.

하기는 모두가 내 것만은 아닌 것도 아닌

이 가을,

저녁밥 일찍이 먹고

우물가에 산보 나온

달님만이 내 차지다.

물에 빠져 머리칼 헹구는

달님만이 내 차지다.

—〈대숲 아래서〉, 나태주, 1970

아무래도 나의 시에 대한 이야기를 하려고 하면 〈대숲 아래서〉란 시를 이야기하지 않고 넘어갈 수는 없는 일입니다. 왜냐하면 이 시는 많은 사람들이 기억해주고 있듯이 1971년도 서울신문 신춘문예 당선시이면서 나의 시단 등단작이기 때문입니다. 심사위원은 박목월, 박남수 두 분 선생. 이 시로 하여 나는 세상에서 '시인'이란 이름을 얻게 되었습니다.

그렇지만 이 시의 배경은 그다지 행복하지 않고 많이 쓸쓸하고 힘듭니다. 1963년도 공주사범학교를 졸업, 1년 넘게 집에서 무위도식하다가 그 이듬해인 1964년 발령을 받아 저 경기도 북쪽 연천군 군남국민학교란 곳에서 2년 조금 넘게 초등학교 선생을 하다가 1966년 육군에 입대했습니다. 육군 근무 중 1968년 주월비둘기부대 사병으로 파병되어 1년 동안 전쟁터에서 있다가 돌아와 제대, 다시 경기도 연천군 전곡국민학교란 곳으로 발령을 받았습니다.

그런데 거기서 한 여교사에 연정을 느끼고 심하게 기울었다가 그만 실연의 고배를 호되게 마셨습니다. 몸에 병까지 생겨 더 이상 객지에 저대로 두었다가는 안 되겠다 싶어 아버지가 노력하여 고향의 시골학교로 전근하게 되었습니다. 새로 찾아간 학교는 매우 낯설고 썰렁한

1971.01.12, 〈서울신문〉 신춘문예 시상식장 (사진 왼편)

학교. 두고 온 경기도의 학교와 동료들이 몹시 그립고 나에게 실연의 고배를 안겨준 그 여교사조차 많이 보고 싶었습니다.

사람은 그렇게 한때 어리석은 시절이 있고 미친 청춘도 있는 법인가 봅니다. 실연으로 인한 상실감과 패배의식이 이런 시를 낳게 하였다니 지금 와서 돌이켜보면 참 그건 또 한고비 모를 일이기도 합니다. 이제와 나는 나에게 실연의 아픔을 준 그 여교사에게 감사한 마음을 느낍니다. 당신이 아니었고 당신이 나에게 그리하지 않았다면 나는 절대로 시인 같은 것은 되지 못했을 것이라고.

열다섯 살에 감염된 시의 바이러스는 그렇게 해서 치유가 되었던 것입니다. 그것은 내 나이 스물여섯. 결코 늦은 나이가 아니었습니다. 대학교에 다녀보지도 못하고 변변한 문학동인회 활동 같은 과정도 거쳐보지 못하고 그저 깡촌을 전전하면서 초등학교 교사로만 일관한 청년에겐 과분한 영광이 아닐 수 없는 일이었습니다. 뒷날 나는 이런 시를 한 편 더 쓰기도 했습니다.

한 여자로부터
버림받는 순간
나는 시인이 되었고

한 여자로부터
용납되는 순간
나는 남편이 되었다.

— 〈두 여자〉, 나태주, 2011

그녀와의 데이트, 몽우 조셉킴, 160×225mm, 캔버스 유채, 2015

돌계단

네 손을 잡고 돌계단을 오르고 있었지.

돌계단 하나에 석등이 보이고
돌계단 둘에 석탑이 보이고
돌계단 셋에 극락전이 보이고
극락전 뒤에 푸른 산이 다가서고
하늘에는 흰구름이 돛을 달고 마악
떠나가려 하고 있었지.

하늘이 보일 때 이미

돌계단은 끝이 나 있었고
내 손에 이끌려 돌계단을 오르던 너는
이미 내 옆에 없었지.

훌쩍 하늘로 날아가 흰 구름이 되어버린 너!

우리는 모두 흰 구름이에요, 흰 구름.
육신을 벗고 나면 이렇게 가볍게 빛나는
당신이나 저나 흰 구름일 뿐이에요.
너는 하늘 속에서 나를 보며 어서 오라 손짓하며 웃고
나는 너를 따라갈 수 없어 땅에서 울고 있었지.
발을 구르며 땅에 서서 울고만 있었지.

— 〈돌계단〉, 나태주, 1976

제작연도를 보니 1976년. 그때는 아직 우리 내외에게 애기가 생기지 않았을 때입니다. 내외는 많이 쓸쓸했고 늘 등허리와 옆구리가 허전한 사람들이었습니다. 남들은 여행이란 것을 다니기도 하는데 수중에 돈이 없으니 만만하게 떠나볼 여행지도 없었습니다.

마침 어린이날을 맞아 쉬는 날. 연휴가 겹쳤습니다. 별로 마음 내키지 않아 하는 아내를 채근해 가까운 절이라도 한 군데 다녀오고 싶었습니다. 서천에서 살 때니까 부여 무량사가 가까우면서도 익숙한 절이었을 겁니다.

사범학교 1학년 때 처음 수학 여행길에 찾은 절이 무량사였고 누이동생 희주의 남편이면서(그러니까 매제) 고등학교 동기동창으로 나중에 사법시험에 합격, 변호사가 되고 시인이 된 김기종(개명하여 김동현)이 공부하던 절도 바로 무량사였던 것입니다.

남한에서 제일 크신 토불을 모시고 있는 사찰. 부처님 오신 날이면 아그배꽃과 산철쭉꽃이 마치 바닷물결처럼 피어오르고 그 사이로 신록이 밀물져오는 곳. 무조건 내 생각만으로 여행을 떠나자 우겨보았지만 여행비가 문제였습니다.

따져보니 수중에 가진 돈은 겨우 하룻밤 여관비와 두 사람의 왕복 버스비가 전부였습니다. 궁여지책으로 김밥을 준비하기로 했습니다. 가는 날 점심, 저녁, 다음 날 아침까지의 김밥입니다. 꾸역꾸역 마른 김밥으로 허기를 채우며 그렇게 무량사 여행을 다녀왔습니다.

돌아와 기억나는 것이 별로 없었지요. 아내는 더욱 그럴 것입니다. 아닙니다. 돈이 없어 기가 죽고 배고파 초라했던 행색과 마음이 거기 고스란히 남았을 것입니다. 서천에서 버스를 내린 것은 점심시간이 훨씬 지난 시각. 배가 몹시 고팠지만 밥 사 먹을 돈이 없었습니다.

하는 수 없이 아는 서점을 찾아들어갔지요. 조 씨란 성으로만 기억되는 통통하고 마음씨 좋은 아저씨가 경영하던 서림서점이란 곳. 안면이 있는 안주인에게 밥을 좀 달라 했지요. 먹다 남은 찬밥을 주더라구요. 배가 고프니 어쩝니까. 그거라도 먹을 수밖에요.

가난하고 구차한 청춘이여. 흔들리는 두 그림자여.

나는 이 시만 읽으면 눈물이 나려고 그럽니다. 시의 내용에서도 보면 두 사람이 손을 잡고 함께 산사의 돌계단을 오르다가 마지막 계단을 올랐을 때 한 사람인 '너'가 '훌쩍 하늘로 날아가 흰 구름이 되어버린' 것으로 되어 있습니다. 이승과 저승의 이별이지요. 그러면서 흰 구름이 되어버린 사람이 오히려 땅 위의 사람에게 위로의 메시지를 전하고 땅 위에 남아 있는 사람은 '발을 구르며 땅에 서서 울고만 있'는 걸로 결판이 납니다. 하나의 상상이지만 많이 비극적이고 마음 아픈 상상이라 하겠습니다. 시의 구석구석에 이미지로 활용된 언어들이 여럿 보입니다.

내가 너를

내가 너를

얼마나 좋아하는지

너는 몰라도 된다.

너를 좋아하는 마음은

오로지 나의 것이요,

나의 그리움은

나 혼자만의 것으로도

차고 넘치니까……

나는 이제
너 없이도 너를
좋아할 수 있다.

—〈내가 너를〉, 나태주, 1980

이 시는 나에게 특별한 의미를 주는 작품입니다. 본래는 1980년도에 낸 연작시집 《막동리 소묘》에 실린 사행시 가운데 한 편입니다. 그 시집은 시의 제목은 없고 모두가 번호로 되어 있습니다. 총 작품 수가 185편인데 위의 작품은 그중 172번입니다.

내가 너를 얼마나 좋아하는지 너는 몰라도 된다.
너를 좋아하는 마음은 오로지 나의 것이요,
나의 그리움은 나 혼자만의 것으로도 차고 넘치니까……
나는 이제 너 없이도 너를 좋아할 수 있다.

—《막동리 소묘 · 172》, 나태주, 1980

그저 그런 작품이고 큰 제목 속에 번호로만 표시된 작품입니다. 그런데 이걸 꺼내어 세상에 빛을 보게 한 사람은 나도 알지 못하는 어느 미지의 독자입니다. 시의 제목도 본래 있던 '막동리 소묘·172'에서 새롭게 붙여졌지요.

'내가 너를'. 그건 내가 붙인 제목이 아닙니다. 행갈이도 네 줄인데

달밤, 몽우 조셉킴, 155×185mm, 캔버스 유채, 2003

이렇게 번듯하게 여러 줄로 만들었고 연 구분까지 잘 처리했습니다. 독자의 힘입니다. 원작자는 나이지만 또 한 사람의 손이 거들어서 이런 시를 이루게 되었지요. 일견 놀라운 일입니다.

이 시는 요즘 인터넷을 통해 얼마나 많은 독자들이 사랑해주는지 몰라요. 그 열도에 놀라울 지경입니다. 오래 묵은 시집 속에 깊숙이 숨어 있는 시 한 편을 어느 눈 밝은 독자가 꺼내어 세상 빛을 보게 만든 것입니다. 감사한 일이고 한편 두려운 일입니다.

이런 예는 고은 시인의 〈그 꽃〉이란 작품도 마찬가집니다. 이 작품은 《순간의 꽃》이란 그분 시집에 실려 있는 작품으로 작품 제목도 없이 * 표시 아래 한 편씩 수록되어 있는 작품을 독자들이 꺼내어 세상에 돌리면서 제목까지 더불어 지어준 작품이지요.

그렇게 독자들의 눈이 날카롭고 그 숨은 힘이 무섭습니다. 시인들은 이 점을 알아 독자들을 십분 두려워해야 할 일입니다.

비단강

비단강이 비단강임은
많은 강을 돌아보고 나서야
비로소 알겠습디다

그대가 내게 소중한 사람임은
더 많은 사람들을 만나고 나서야
비로소 알겠습디다

백 년을 가는
사람 목숨이 어디 있으며

오십 년을 가는

사람 사랑이 어디 있으랴……

오늘도 나는

강가를 지나며

되뇌어 봅니다.

—〈비단강〉, 나태주, 1984

공주로 직장을 옮기고 두 아이의 아버지가 되고 이제 40대에 들어섰습니다. 위로는 부모님이 계시고 아래로는 어린 자식들이 딸리고 옆으로는 아내와 형제가 늘어선 인생이 버거운 시기입니다. 날마다 힘에 겹고 어깨가 무겁고 발길 또한 무거워 가끔은 발등이 붓는 나날입니다.

30대 후반부터 혈압 강하제를 먹어야 했으므로 정기적으로 병원을 찾는 사람으로 살아야 했습니다. 무엇 하나 자유롭지 않아 탁 부리고 싶었지만 그렇다고 쉽게 포기할 수 없는 인생이었습니다. 돈벌이를 해야 생활이 유지되므로 교직은 직업(職業)이고 시 쓰는 일은 내 좋아서 하는 일이므로 본업(本業)이라고 생각했던 나 자신입니다.

직업과 본업의 차이. 무엇이 거기에 있겠습니까? 말장난에 지나지 않는 일이지만 정말 나는 그렇게 생각하면서 교직과 시업을 똑같이 포기하지 않았습니다. 그래서 교직성장에도 마음을 주어 끝내 학교에서 교감이 되고 교장이 되고 싶었습니다. 그렇지요. 그래서 나는 정말로 1989년도는 교감이 되고 1999년도에는 교장이 되기도 했지요.

이렇게 직장생활, 문단생활에다가 가정생활이나 사회생활 또한 함부로 내박칠 수 있는 일들이 아니라서 나는 내 자식들 교육에도 관심을 가졌으며, 공주에서 활동하는 여러 가지 문화 활동에도 짬을 내어 참여하곤 했습니다. 몸이 둘이라도 어려운 그런 날들이었습니다.

그러나 그러했기에 아이들은 나름 잘 자라 국립대학에 모두 진학, 장학금을 받으면서 공부해주었고 나는 나중에 공주문화원장에 당선되기도 했습니다. 그동안 내가 관여하여 창립한 단체가 여럿이고 맡은 소임도 여럿입니다. 공주문인협회 초대간사, 대전과 분리된 후 충남문인협회 2대회장, 공주녹색연합 초대대표, 충남시인협회 2대회장 등이 그동안 머물렀던 사회 문화적 자리입니다.

1984년이면 만 나이 39세 때입니다. 대학원 공부를 새롭게 시작했으므로 날마다 어깨에 멘 가방이 무겁다는 생각을 하면서 살았을 겁니다. 팍팍한 다리를 이끌며 자주 후유, 깊은 한숨도 내쉬었을 날들입니다. 시내버스를 타고 다니던 출근길. 오가며 바라보던 금강. 금강에 나의 마음을 맡기면서 이런 글이 저절로 나왔습니다.

이런 때 금강은 차라리 자연물이 아니라 정다운 이웃이며 오래전에 헤어진 연인이며 지금도 그리워 보고만 싶은 그 어떤 사람의 대신입니다. 어미 처리가 특별합니다. '합니다'가 아니라 '합디다'입니다. 둔탁한 어법인데 이것은 짐짓 무관심한 척 남한테 들은 것처럼 하는 말

투입니다. 어쩌면 이렇게 말하면서 나날의 삶의 무게를 내려놓고 싶었는지도 모르겠습니다.

*

금강의 시인. 대뜸 부여의 신동엽 시인입니다. 금강은 한국의 4대강 가운데 하나. 강물의 흐름이 유순하고 강변의 풍경이 비단 폭을 풀어놓은 것 같다 해서 예부터 '비단강'이라 불러온 강물입니다. 이 강가에 얼마나 많은 세월 얼마나 많은 사람들이 살아왔겠습니까.

공주의 금강가 석장리에는 구석기시대 유물이 출토되어 '석장리박물관'이 있습니다. 한반도에는 구석기 시대가 없다 그러던 일본인들의 무엄한 사관을 보기 좋게 무너뜨려준 기분 좋은 현장이기도 합니다.

물론 금강가에 살던 사람들은 두고두고 금강에 대한 시를 써왔겠지요. 가운데 신동엽 시인은 장시 《금강》으로 하여 걸출한 '금강의 시인'이 되었고 아예 금강은 신동엽 시인의 전유물처럼 되어버렸습니다. 그래서 나는 '금강'이란 이름을 비껴서 '비단강'이란 이름을 쓰고 싶었는지 모르겠습니다.

여하튼 그렇습니다. 신동엽 시인의 금강이 집단사적인 금강이고 호흡이 긴 금강이라면 나의 금강은 개인사적인 금강이고 호흡이 짧은 금강입니다. 어떤 금강으로 갈 것인지 그것은 독자들의 선택사항입니다. 그러나 그 두 개가 공히 존재하는 금강이라면 더욱 좋지 않을까 싶은 생각이 들기도 합니다.

사랑하는 마음
내게 있어도

사랑하는 마음

내게 있어도

사랑한다는 말

차마 건네지 못하고 삽니다

사랑한다는 그 말 끝까지

감당할 수 없기 때문

모진 마음

내게 있어도

모진 말

차마 하지 못하고 삽니다
나도 모진 말 남들한테 들으면
오래오래 잊혀지지 않기 때문

외롭고 슬픈 마음
내게 있어도
외롭고 슬프다는 말
차마 하지 못하고 삽니다
외롭고 슬픈 말 남들한테 들으면
나도 덩달아 외롭고 슬퍼지기 때문

사랑하는 마음을 아끼며
삽니다
모진 마음을 달래며
삽니다
될수록 외롭고 슬픈 마음을
숨기며 삽니다.

—〈사랑하는 마음 내게 있어도〉, 나태주, 1984

와 맑은 날이야, 몽우 조셉킴, 155×185mm, 캔버스 유채, 2003

은영 씨. 이 시를 보니 어떤 마음이 드나요. 당시의 내가 조금 느껴지나요.

문학성장보다는 교직성장에 힘쓰며 산 결과, 초등학교 교감 시험 준비를 하던 해의 작품입니다. 그해에 나는 여섯 번이나 시험을 치렀습니다. 통신대학 1·2학기 시험, 통신대학 졸업시험, 초등학교 교감 시험, 교육대학원 시험 두 차례. 책상 위에 새로운 책들이 쉴 새 없이 번갈아 오르내려야만 했습니다.

게다가 그해에는 오른쪽 신장에 결석이 생겨 그걸 수술하는 개복수술까지 받아야 했습니다. 지금까지도 그러했지만 숨이 턱턱 닿는 날들이었습니다. 아내는 그중에 몇 개는 내려놓아야 한다 말했지만 그것은 하나도 내려놓을 수 없는 것들이었습니다. 한 번 기회를 놓치면 두 번 다시 잡을 수 없는 것들이어서 그러했습니다.

그런 날들의 갈피에 쓰인 시가 바로 이 시입니다. 시의 내용은 매우 평이하고 아름다워 보이지만 배경은 매우 힘겨운 데가 있는 시라고 할 수 있겠습니다. 그래서 그랬을까요. 이 시는 나의 시 가운데 최초로 대중이 좋아하는 시가 되었습니다. 지금도 인터넷 검색란에 이름을 써넣으면 제일 많은 검색 수가 나오는 나의 시 가운데 한 편입니다.

——시

마당을 쓸었습니다
지구 한 모퉁이가 깨끗해졌습니다

꽃 한 송이 피었습니다
지구 한 모퉁이가 아름다워졌습니다

마음속에 시 하나 싹텄습니다
지구 한 모퉁이가 밝아졌습니다

나는 지금 그대를 사랑합니다

지구 한 모퉁이가 더욱 깨끗해지고

아름다워졌습니다.

—〈시〉, 나태주, 1989

은영 씨. 어떤 시인도 시로써 자기의 시론을 드러내보고 싶어 하는 마음이 있습니다. 그런 입장에서 위의 작품 〈시〉는 시론이며 인생관의 표백 그 자체입니다. '작은 일이 큰일이다.' 이것은 내 평생의 신조입니다. 그것을 표현했으니 이 시는 인생관의 표백이기도 합니다.

'마당'을 쓸고 '꽃 한 송이'가 피어나고 '시 하나'가 싹튼 일은 매우 미미한 일이고 하찮은 일입니다. 그러나 그것은 매우 중요한 일입니다. 그 일이 지구의 일에 관여하는 일이기에 그렇습니다. 은영 씨, 한번 생각해보십시오. 내가 오늘 작은 빗자루로 쓸어서 깨끗해진 마당은 어디에 있는 마당입니까? 그것은 지구 위에 있는 마당이 분명합니다. 그렇다면 내가 오늘 한 조그만 행동은 지구에 관계된 행동이며 우주의 일에 참여하는 행동입니다.

그것은 그 아래 '꽃'과 '시'에서도 마찬가집니다. 정이나 그것이 그렇다면 내가 그대를 사랑하는 일이야말로 지구 위에 우주 위에 커다란 꽃 한 송이를 더불어 피우게 하는 일입니다. 이것이 진정 화엄(華嚴)이 아니고 무엇이겠습니까!

윤동주의 "코스모스", 몽우 조셉킴, 155×185mm, 캔버스 유채, 2004

기쁨

난초 화분의 휘어진

이파리 하나가

허공에 몸을 기댄다

허공도 따라서 휘어지면서

난초 이파리를 살그머니

보듬어 안는다

그들 사이에 사람인 내가 모르는

잔잔한 기쁨의

강물이 흐른다.

—〈기쁨〉, 나태주, 1994

나이 40을 지나 50에 가까워지면서 세상 사는 일들이 시들하고 마음의 동력이 떨어졌을뿐더러 점점 잠이 오지 않는 밤이 쌓여갔습니다. 지금까지 살아온 일들이 조금은 억울하기도 하고 후회스러운 일 또한 많았습니다.

그런 밤에 문득 집에서 기르는 난초를 보면서 쓴 글입니다. 아파트에 방이 세 개 있지만 두 개는 아이들한테 주고 안방은 아내가 쓰고 나는 거실에서 이불을 펴고 자던 때입니다. 물론 책상도 거실 한구석에 놓여 있었습니다.

자다가 새벽쯤 잠이 깨어 일어나 멍하니 어둠 속에 앉아서 창밖을 바라볼 때가 많았습니다. 거실의 한 귀퉁이 창변 쪽으로 난초화분이 몇 개 있습니다. 흐린 눈으로 그 난초화분이 들어옵니다. 난초는 이파리가 시원스럽게 뻗은 우아한 식물입니다. 조금만 건드려도 이파리를 크게 흔듭니다.

난초 이파리에 나의 무거운 마음을 실어봅니다. 난초 이파리가 나의 마음을 받아 한쪽으로 기웁니다. 난초는 순간, 정답고도 고운 연인이 되며 살가운 누이가 됩니다. 믿음직한 이웃이 되어줍니다. 난초가 고맙다는 생각에 이릅니다.

이 시를 보면 대번에 의인법이 어떤 것인가 하는 것을 알 수 있을 것입니다. '난초'와 '허공'이 교감하여 난초는 허공에 '몸'을 기대고, 허공은 난초를 '보듬어 안'습니다. 오히려 '사람인 내가' 여기서는 국외자(局外者)이고 방관자입니다.

이 시는 나에게 큰 용기와 보람을 준 작품입니다. 한 번 꺾여 바닥을 모르고 하강하던 내 시의 웨이브. 그것에 바짝 고삐를 잡아 일으켜 세워준 시가 바로 이 시입니다.

이 시가 수록된 것은 1996년도 발간된 《풀잎 속 작은 길》이란 시집. 이 시집을 받아본 백담사 회주(會主) 조오현 스님은 이 시를 지목하여 제2회 현대불교문학상을 받도록 울력해주기도 했던 것입니다.

행복

저녁 때

돌아갈 집이 있다는 것

힘들 때

마음속으로 생각할 사람 있다는 것

외로울 때

혼자서 부를 노래가 있다는 것.

—〈행복〉, 나태주, 2001

은영 씨. 은영 씨는 누구보다 행복이란 단어에 대해 많이 생각해보았을 것 같아요. 행복이란 우리 인간들의 가장 오래된 과제 중 하나입니다. 분명한 형태도 없거니와 정답도 없어 백인백색일뿐더러 시시각각 그 정답이 바뀌기도 하는 문제입니다.

요즘 불행하다는 목소리가 높습니다. 행복하다고 말하는 사람이 도무지 많지 않습니다. 국민의 30퍼센트 정도나 될까, 그것도 안 될까 그럴 것입니다. 큰일이라면 큰일이지요.

행복지수란 것이 있다 그러지요. 행복을 느끼는 마음의 수치 같은 것 말입니다. 그런데 잘 사는 나라, 물질이 풍요로운 나라보다 그러지 못한 나라 사람들이 오히려 그 행복지수란 것이 높다 그럽니다.

그렇다면 행복이란 물질의 문제로만 결정되는 그 무엇이 아닌가 봅니다. 내가 행복에 대해 적극적으로 생각해본 것은 50대 후반의 일. 인생에도 좀은 여유가 생겨 아내와 둘이서 사는 집 부근의 골목길을 산책하는 날들이 많았습니다.

아내와 산책하면서 많은 이야기를 나누었고 많은 것들을 보았습니다. 그러면서 생각해보니 사람의 일생이란 것이 별것이 아니고 행복이란 것도 별것이 아니었습니다.

자, 우리는 산책을 마치고 집으로 돌아갑니다. 이런 때 집이 없다면 어떠했을까? 싸구려 오래된 아파트 한 간이지만 그 작은 공간이 한없이 소중하다는 결론에 다다랐습니다.

진정 그것이 그렇다면 내가 힘든 일을 당했을 때 도와주거나 내가 마음속 깊이 생각하며 용기를 얻을 사람이 있다는 것 또한 행복이 아닌가 싶은 생각이 들었습니다.

사람은 혼자 있을 때가 중요하지요. 혼자 있을 때 내가 진정 마음 바쳐 하고 싶은 일이 있다면 그것도 분명 행복의 조건 중 하나입니다. 글쓰기, 그림 그리기, TV나 컴퓨터 보기, 음악감상, 모두가 행복의 항목들입니다.

그런데도 행복하지 않다고 말하는 것은 행복의 척도가 잘못되었거나 하나의 억지가 아닐까요. 행복의 조건인 '집' '사람' '노래' 모두 우리가 이미 가지고 있는데 말입니다.

여기서 나는 말합니다. 이미 우리는 모두가 행복한 사람들입니다. 다만 그것을 아는 사람이 있고 그것을 모르는 사람이 있을 뿐입니다. 나는 과연 어떤 부류에 속하는 사람들일까? 각자 생각해서 선택할 일입니다.

풀꽃

자세히 보아야

예쁘다

오래 보아야

사랑스럽다

너도 그렇다.

—〈풀꽃〉, 나태주, 2002

이육사의 "광야", 몽우 조셉킴, 455×530mm, 캔버스 유채, 2004

은영 씨. 이 시는 하도 여러 차례 얘기를 해서 더는 얘기하기가 민망할 정도가 된 시입니다. 이 시는 내가 초등학교 교장 시절 아이들과 풀꽃그림 그리기 공부를 하다가 아이들에게 해준 말을 그대로 옮겨서 쓴 입말 중심의 시입니다.

어려운 말이 하나도 없고 구조도 단순하고 길이까지 짧아서 대한민국 모든 사람들이 다 좋아한다고 말하는 시입니다. 어쩌다 내가 이런 작품을 다 썼을까! 아예 이제는 나를 보고 '풀꽃시인'이라고 대놓고 불러줍니다.

남녀노소 온 국민이 좋아하는 작품이니 국민시라고 말하는 사람들까지 있습니다. 감사하고 또 감사한 일이지요. 실제로 나를 보겠다고 강연 초청을 해주는 대부분 사람들이 이 시 한 편 때문에 그런다는 것을 나는 모르지 않습니다.

놀라운 일입니다. 시의 본문 글자 수가 24자. 원래는 3연 5행의 시인데 교보문고에서 광화문 글판으로 가져다 쓸 때 세 줄로 펼쳐서 이제는 아예 세 줄짜리 시로 행세하고 있습니다.

사람들은 이 시를 통해 많은 위로와 축복과 용기를 얻는다고 말합니다. 강한 임팩트(감동)가 있다고 입을 모읍니다. 얼마나 많은 분야의 얼마나 많은 사람들이 이 시를 가져다 사용하는지 모릅니다.

영화, 드라마, 글판, 칼럼, 서예작품, 캘리그라피, 광고, 시비. 그 쓰임이 극대화된 형편입니다. 이 시를 기념하여 공주에는 '공주풀꽃문학관'과 '풀꽃문학상'이 생겼으며 '풀꽃'이란 이름으로 동화집이 나오고 시선집도 나왔습니다.

부산의 한 거리에서 찍었다며 독자가 보내준 사진.

한 편의 시가 받는 영광으로는 더 이상의 것을 말하기 어려울 지경입니다. 내가 그동안 써온 많은 시편들은 내가 세상을 사모하여 세상한테 보내는 호소요 고백이요 러브레터요 선물이었습니다.

그러나 한 번도 시원스런 답장이 오지 않았습니다. 비로소 온 답장이 바로 〈풀꽃〉 시입니다. 70 나이에 비로소 세상으로부터 사랑을 받는 시인이 된 것입니다. 사람들은 또 〈풀꽃〉이 나의 대표작이라고 말을 합니다.

그동안은 〈대숲 아래서〉를 대표작으로 꼽는 사람들이 많았습니다. 〈대숲 아래서〉는 데뷔작입니다. 오래 글을 써온 시인에게 데뷔작이 대표작이 되는 것처럼 불행한 일은 없습니다. 그렇게 되면 데뷔 이후의 시인의 모든 작품은 헛수고로 돌아가는 일이 되고 맙니다. 한평생의 헛수고. 아, 이것은 얼마나 두려운 사건이겠습니까!

오늘도
그대는 멀리 있다

전화 걸면 날마다

어디 있냐고 무엇하냐고

누구와 있냐고 또 별일 없냐고

밥은 거르지 않았는지 잠은 설치지 않았는지

묻고 또 묻는다

하기는 아침에 일어나

햇빛이 부신 걸로 보아

밤사이 별일 없긴 없었는가 보다

오늘도 그대는 멀리 있다

이제 지구 전체가 그대 몸이고 맘이다.

—〈오늘도 그대는 멀리 있다〉, 나태주, 2005

나는 어려서부터 미국을 두려워하는 사람 가운데 하나였습니다. 은영 씨는 어떤가요? 적어도 나에게 미국은 먼 나라, 큰 나라, 힘센 나라, 호통치는 나라, 기름진 나라였습니다. 조그만 반미주의자였다고나 할까요. 그런 내가 맨 처음 미국여행을 한 것은 2003년도. 비록 느지막한 나이였지만 1893년도 체코의 작곡가 드보르자크가 처음 만나 그 감동을 기록한 '신세계 교향곡'의 신선감이 그대로 남아 있었습니다.

그곳에서 일찍이 많은 교포문인들을 만났습니다. 그들은 더 잘 살아보겠다고 고국을 떠난 사람들이고 더러는 고국을 등지고 떠난 사람들이었습니다. 한 사람 한 사람 개성이 뚜렷한 사람들이었지요. 그곳에서 만난 M이라는 여성문인이 있었습니다. 고국에서 간호사를 했던 여인입니다. 미국에 가서는 마켓을 운영하여 자식들을 기르고 가르친 억척빼기 여인이고 또 자신의 이야기를 수필로 써서 책으로 낸 문인이기도 합니다.

나이는 나보다 다섯 살이나 연상이었지만 웃는 얼굴이 곱고 손길이 매우 부드러운 여성이었습니다. 세 차례 미국 나들이 길에 살갑게 대해주는 그녀에게 빠져드는 마음이 있었습니다. 누님이라고 불렀지요.

누님이 없는 나. 평생 좋아할 누님이 생겼다 좋아했지요. 그녀는 그 뒤 몇 차례 한국에 왔습니다. 올 때마다 연락이 있었고 그럴 때마다 기도하는 마음으로 그녀의 여정을 염려하는 시간이 나에게 있었습니다.

그렇습니다. 이 작품은 그런 그녀의 한국여행을 걱정하고 궁금해하는 나의 마음을 담은 소품입니다. 한 시절 사람을 좋아한다는 것이 얼마나 부질없는 일인지……. 그걸 알면서도 나는 일평생 몇 번이나 그런 허방다리를 짚었던 것일까요. 사랑은 가고 후회도 가고 그 뒷자리에 초라한 시가 몇 송이 붉은 꽃으로 피어 있을 뿐입니다.

선물

하늘 아래 내가 받은
가장 커다란 선물은
오늘입니다

오늘 받은 선물 가운데서도
가장 아름다운 선물은
당신입니다

당신 나지막한 목소리와
웃는 얼굴, 콧노래 한 구절이면
한 아름 바다를 안은 듯한 기쁨이겠습니다.

—〈선물〉, 나태주, 2006

내가 사랑시를 많이 쓰는 시인이니까 대뜸 이 시를 보고서도 내가 어떤 여성을 사모하여 이런 시를 썼을 것이라 짐작하는 사람이 있을지 모릅니다. 그러나 아닙니다. 이 시는 어떤 남성을 대상으로 쓰인 시입니다. 그것도 하나도 망설임 없이 쓱 써서 그에게 이메일로 보내준 글을 나중에 정리한 것입니다.

회갑을 넘기고 62세 교직정년의 나이쯤 해서 좀은 생활에 무리가 되더라도 시 전집을 내고 싶었습니다. 이곳저곳 출판사를 알아보던 중 고요아침이란 출판사와 얘기가 되어 전집 출간을 하기로 하고 작업에 들어갔습니다. 교정을 열 차례 이상 보았습니다. 그래도 오자가 나오니 이를 어쩌면 좋습니까.

고요아침출판사에는 김창일이란 이름의 직원이 있었습니다. 편집장 직책으로 나의 전집을 전적으로 편집하고 제작하고 있었지요. 여러 차례 그와 이메일과 전화를 주고받고 일을 하다가 마음으로 가까워졌고 그를 통해 여러 가지 들은 얘기가 있습니다.

시 전집을 만들면서 나의 시를 읽었는데 여러 번 컴퓨터에 코를 박고 흐느껴 운 적이 있다는 것입니다. 동병상련의 슬픔이었을 것입니다. 그 이야기를 듣는 순간 나의 가슴 속에서도 울컥, 문장이 떠올랐습니다. 곧장 컴퓨터를 열어 그의 주소 아래 문장을 적어나갔습니다. 그 문장이 바로 이 시입니다.

언제든 선물은 공짜로 받는 물건이고 귀한 물건, 소중한 그 무엇입니다. 호되게 병을 앓거나 고난을 겪어본 사람은 압니다. 무엇보다도 먼저 하루하루 우리가 받는 지상의 날들이 선물입니다. 생명이 그 무엇과도 비길 수 없는 고귀한 선물입니다.

그런 다음에는 내 앞에 있는 당신, 가끔 말을 하기도 하고 웃기도 하고 투정도 부리는 당신이 나에게 그럴 수 없이 아름다운 선물입니다. 진작 이것을 깨달았어야 했던 것입니다. 그러고는 당신의 나지막한 목소리와 웃는 얼굴과 콧노래 한 구절이 나에게 '한 아름 바다를 안은 듯한 기쁨'이 된다고 그랬습니다.

결코 그것은 슈퍼마켓이나 시장에서 돈을 주고 사는 물건이 아닙니다. 그렇다고 벽장이나 다락, 책상 속에 깊숙이 넣어둔 보물도 아니지요. 어디까지나 그것은 나에게 이미 있는 것들입니다. 그걸 아낄 이유가 없습니다. 그것은 바로 인색입니다. 망설이지 말고 서로가 주고받아야 할 일입니다.

선물이라 하지 않았습니까! 기쁨이 부족해서 사람들은 우울증에 걸리고 불행감을 맛봅니다. 우리가 불행해지는 건 자업자득입니다. 서로가 서로에게 선물이 될 때 우리의 세상은 하루하루 아름다운 세상이 열리고 천국에서 사는 날들이 약속될 것입니다. '죽어서 천국에 가는 사람은 살아서 이미 천국을 충분히 경험한 사람이다.' 이것은 내가 가끔 하는 말이기도 합니다.

*

세상과 시인을 마주 세워놓고 볼 때, 시는 그들 사이에 놓인 징검다리이고 서로에게 선물입니다. 세상 입장에서는 시가 시인으로부터 받는 선물이고 시인 입장에서는 또 시가 세상으로부터 받는 좋은 선물입니다.

너무 그러지 마시어요

너무 그러지 마시어요. 너무 섭섭하게 그러지 마시어요. 하나님, 저에게가 아니에요. 저의 아내 되는 여자에게 그렇게 하지 말아 달라는 말씀이에요. 이 여자는 젊어서부터 병과 더불어 약과 더불어 산 여자예요. 세상에 대한 꿈도 없고 그 어떤 사람보다도 죄를 안 만든 여자예요. 신장에 구두도 많지 않은 여자구요, 장롱에 비싸고 좋은 옷도 여러 벌 가지지 못한 여자예요. 한 남자의 아내로서 그림자로 살았고 두 아이의 엄마로서 울면서 기도하는 능력밖엔 없는 여자이지요. 자기 이름으로 꽃밭 한 평, 채전밭 한 귀퉁이 가지지 못한 여자예요. 남편 되는 사람이 운전조차 할 줄 모르는 쑥맥이라서 언제나 버스만 타고 다닌 여자예요.

> 돈을 아끼느라 꽤나 먼 시장 길도 걸어다니고 싸구려 미장원에만 골라 다닌 여자예요. 너무 그러지 마시어요. 가난한 자의 기도를 잘 들어 응답해주시는 하나님, 저의 아내 되는 사람에게 너무 섭섭하게 그러지 마시어요.
>
> —〈너무 그러지 마시어요〉, 나태주, 2007

2007년은 나의 생애 가운데 가장 힘들었던 한 해였고 가장 중요한 일이 많이 일어난 한해였습니다. 젊어서부터 신장결석으로 고생했으며 한 차례 개복수술을 하고 한 차례 내시경수술을 받았습니다. 그래서 몸이 불편하다 싶으면 신장 쪽만 살피고 고혈압 약만 챙겨서 먹었지 간장이나 쓸개 쪽은 관심도 없었는데 이번에는 쓸개줄에 1.7센티미터나 되는 돌이 생겨 그것이 쓸개줄을 터트리는 바람에 쓸개액이 몽땅 복강 사이로 쏟아져 나와 장기를 오염시키는 일이 일어났습니다. 그것은 중대사고였습니다.

그런 상황이라면 도저히 살아나지 못한다는 것이 의학적 상식이었던가 봅니다. 쓸개액은 특히 췌장을 4분의 3이나 녹이는 괴사성 췌장염을 일으켰습니다. 수술불가, 치유불가가 그 당시의 진단내용이었습니다. 대전의 한 대학병원에서 3개월 치료하다가 도저히 안 되겠다 싶어서 속 시원히 수술이라도 한번 해보자 싶어 옮긴 곳이 서울아산병원이었습니다.

진단을 하고 난 외과의사는 일언지하로 말했습니다. '이미 죽을 사람이 왔군요. 너무 진행되었습니다. 옛날 사람은 이렇게 되는 경우가 있지만 요즘 사람들은 이렇게까지는 가지 않습니다. 수술해봐야 건질 것이 없겠습니다. 어떤 의사도 이런 환자를 맡기를 원하진 않을 것입니다.'

그래도 우리는 막무가내기로 매달렸고 그 병원에서 내과로 전과하여 그야말로 기적과 같이 완치하여 퇴원하는 기쁨을 맛보았습니다. 앞에서 '기적과 같이' 라고 썼지만 그것은 분명 기적이었습니다. 그 복잡한 과정을 어찌 다 말과 글로 쓸 수 있다 하겠는지요.

병원생활 중 병의 차도가 없어 무작정 하나님께 매달리며 기도를 많이 드렸습니다. 기도라고 해야 화려한 기도가 아닙니다. 똑같은 말을 되풀이하는 기도입니다. '살려주십시오. 살려주십시오.' 그 말만 몇 시간이고 반복하는 기도입니다. 아내 또한 같은 내용을 기도로 드렸다고 합니다. '하나님 저는 절대로 혼자서는 공주 집으로 돌아가지 않겠습니다. 결단코 저 사람을 살려주십시오.'

하나님이 얼마나 들으시기 힘들었을까요. 한 사람은 살려달라고만 말하고 또 한 사람은 혼자서는 집으로 돌아가지 않겠다고, 차라리 같이 죽겠노라 고집을 부리며 떼를 쓰니 참 하나님도 곤란하셨을 것입니다. 그래서 끝내 하나님께서 그래 모르겠다, 너희들 맘대로 해라, 그러면서 우리의 기도를 슬그머니 들어주시지 않았나 모르겠습니다.

숨어서 기도하고 찬송 부르고 하는 동안 쓴 시가 바로 이 시인데 독백체로 이야기체로 썼으니 부연설명이 필요 없는 작품입니다. 다만 읽어서 이해와 느낌이 있으면 족한 문장입니다. 이 시를 붓펜으로 써서 면회 온 누군가에게 부탁하여 〈시와 시학〉 잡지사에 투고를 했는데 그해 가을호에 발표되었습니다. 이 시에는 기교도 수식도 시적인 구도도 없지만 많은 독자들이 읽고 공감을 표시해주었습니다.

이 시를 읽고 이정록 시인이 우리 집사람이 답시 형식으로 쓴 양, 글을 써서 어느 잡지에 실은 적이 있는데 이 글이 정말로 우리 집사람이 쓴 것처럼 알려져 인터넷에 떠도는 걸 보았습니다. 분명히 밝히거니와 그 글은 우리 집사람의 글이 아니고 이정록 시인의 글입니다. 오해 없기를 바라면서 그 글을 옮겨 싣습니다.

이정록 시인이 쓴 글을 읽어보며 소름이 끼쳐지기도 합니다. 시인이 시를 쓸 때는 이 정도는 빙의(憑依)가 되어야 하는 게 아닌가 싶은 생각에서입니다.

너무 고마워요

이정록

남편의 병상 밑에서 잠을 청하며 사랑의 낮은 자리를 깨우쳐주신 하나님, 이제는 저이를 다시는 아프게 하지 마시어요. 우리가 모르는 우리의 죄로 한 번의 고통이 더 남아 있다면, 그게 피할 수 없는 우리의 것이라면, 이제는 제가 병상에 누울게요. 하나님, 저 남자는 젊어서부터 분필과 함께 몽당연필과 함께 산, 시골 초등학교 선생이었어요. 시에 대한 꿈 하나만으로 염소와 노을과 풀꽃만 욕심내 온 남자예요. 시 외의 것으로는 화를 내지 않은 사람이에요. 책꽂이에 경영이니 주식이니 돈 버는 책은 하나도 없는 남자고요. 제일 아끼는 거라곤 제자가 선물한 만년필과 그간 받은 편지들과 외갓집에 대한 추억뿐이에요. 한 여자 남편으로 토방처럼 배고프게 살아왔고, 두 아이 아빠로서 우는 모습 숨기는 능력밖에 없었던 남자지요. 공주 금강의 아름다운 물결과 금학동 뒷산의 푸른 그늘만이 재산인 사람이에요. 운전조차 할 줄 몰라 언제나 버스만 타고 다닌 남자예요. 승용차라도 얻어 탄 날이면 꼭 그 사람 큰 덕 봤다고 먼 산 보던 사람이에요. 하나님, 저의 남편 나태주 시인에게 너무 섭섭하게 그러지 마시어요. 좀만 시간을 더 주시면 아름다운 시로 당신 사랑을 꼭 갚을 사람이에요.

부탁

너무 멀리까지는 가지 말아라

사랑아

모습 보이는 곳까지만

목소리 들리는 곳까지만 가거라

돌아오는 길 잊을까 걱정이다

사랑아.

—〈부탁〉, 나태주, 2006

달아 노피곰 도다샤, 몽우 조셉킴, 155×185mm, 캔버스 유채, 2004

역시 병원에서의 경험이 바탕에 깔린 시입니다. 은영 씨도 이 시를 쓰는 제 마음을 잘 알 것 같아요. 아내는 젊어서 수술을 여러 차례 했지만 그래도 뚝심이 있고 인내심이 누구보다 강한 사람입니다. 그러나 나의 병원생활이 무작정 늘어지고 곁에서 병간호하는 일이 결코 말처럼 쉬운 일이 아니라서 끝내 간호하던 사람이 병이 나고 말았습니다.

장장 6개월입니다. 그 6개월을 오로지 병실의 침대도 아니고 환자의 침대 아래에 놓인 쪽침상에서 자고 먹고 견뎌야 하는 생활입니다. 그래요. 환자는 관리되는 대상이라지만 이 사람은 관리해주는 사람도 없으니 그냥 무방비 상태지요. 끝내 아내가 병이 나고 만 것입니다. 불면증, 감기, 몸살, 두통, 변비, 소화불량. 아주 종합병원과 같은 몸이 되었지요.

그래, 하는 수 없이 딸아이가 사는 동네병원에라도 가서 링거주사라도 맞고 오자고 그래서 아내가 하루나 이틀 병상 옆을 비우는 일이 생기곤 했습니다. 헌데 이게 웬일입니까. 아내가 병실을 비우기만 하면 나의 염증수치(CRP)가 대번에 올라가는 것이에요. 17 정도로 내려갔는데 혈액검사를 해보면 22 정도로 껑충 뛰어올라가는 거예요. 두렵기도 하고 신비하기도 했어요. 그때 나는 알게 되었지요. 육체의 질병이란 것은 단지 육신만의 문제가 아니라 다분히 정신세계의 문제라고.

마치 어린 아기가 엄마에게 말하듯이 떼를 쓰며 쓴 글이 위의 글이에요. 〈너무 그러지 마시어요〉가 하나님께 드리는 호소라면 〈부탁〉은 인간에게 드리는 호소입니다. 어린아이는 어머니의 눈빛 안에서만 안전하고 행복합니다. 예전에 아이들을 키울 때 보면 어린 아기들은 빈 방에서 혼자 놀더라도 어디선가 엄마의 기척이나 음성이 들리기만 하면 안심하는 걸 보았지요. 그렇습니다. 이 시는 바로 그런 아기가 엄마를 찾고 의지하는 심정으로 쓰인 시입니다.

나에게 그 모진 질병의 날과 고초의 순간이 없었으면 어찌 이런 글이 나의 글이 되었겠어요. 그러고 보면 고난이 유익이고 축복이라는 말을 어림짐작으로 알게 됩니다.

멀리서 빈다

어딘가 내가 모르는 곳에
보이지 않는 꽃처럼 웃고 있는
너 한 사람으로 하여 세상은
다시 한 번 눈부신 아침이 되고

어딘가 네가 모르는 곳에
보이지 않는 풀잎처럼 숨 쉬고 있는
나 한 사람으로 하여 세상은
다시 한 번 고요한 저녁이 온다

가을이다, 부디 아프지 마라.

—〈멀리서 빈다〉, 나태주, 2009

은영 씨. 불행을 당해보고 앓아본 사람은 다른 사람의 그것도 보다 잘 이해하고 알 수 있습니다. 나의 불행과 고통을 통해 타인의 것을 알아보는 마음의 눈이 열리는 셈이지요.

1연과 2연은 반복병치법의 대표적인 실례예요. '나'와 '너'가 서로 엇갈리면서 교차하고 '꽃'과 '풀잎', '아침'과 '저녁'이 또 반복되면서 서로 대구(對句)를 이루지요. 다분히 조작적이고 인간적인 레토릭(rhetoric, 미사여구, 수사)이 보이는 시의 문장입니다.

이런 문장은 얼마든지 의도적으로 꾸며서 쓸 수가 있는 문장입니다. 그러나 마지막에 따라 나온 1행으로 된 3연은 전혀 그렇지 않습니다. 뭔가 엉뚱한 것 같은데 의외로 잘 어울린다는 느낌이 있습니다. 이것이 바로 신이 주시는 문장입니다.

이런 문장을 내가 어찌 혼자서만 쓸 수 있었겠습니까. 앞의 문장을 열심히 쓰다 보니 쿵, 하고 어디선가 나도 모르는 글이 한 줄 나에게로 떨어졌다 함이 옳을 것입니다.

'가을이다, 부디 아프지 마라.' 짧은 두 개의 문장이 한 줄로 섰습니다. 왜 그랬을까요? 마음이 급해서 그런 것입니다. '부디 아프지 마라.' 그 부탁이 급해서 이렇게 한 줄로 급하게 세운 것입니다. 이런 점으로 볼 때 시의 문장은 전혀 이성적인 문장이나 논리의 문장이 아니라 정서의 문장이요 나아가 영혼의 문장이라 할 것입니다.

시를 읽는 사람도 그가 마음이 있고 영성이 있는 사람이라면 마지막 대목에서 강한 울림을 받을 것이고 그 울림은 그에게 따스한 영혼의 위로, 그 꽃다발이 되어줄 것입니다.

*

어떤 네티즌은 자기 블로그에 이 시를 옮겨 적은 다음, 이렇게 쓰기도 했습니다.

'더는 연락하지 않기로 한 누군가가 떠올라서 괜히 짠한 시.'

황홀극치

황홀, 눈부심
좋아서 어쩔 줄 몰라 함
좋아서 까무러칠 것 같음
어쨌든 좋아서 죽겠음

해 뜨는 것이 황홀이고
해 지는 것이 황홀이고
새 우는 것 꽃 피는 것 황홀이고
강물이 꼬리를 흔들며 바다에
이르는 것 황홀이다

매일 꿈으로 걸어라, 몽우 조셉킴, 155×185mm, 캔버스 유채, 2002

그렇지, 무엇보다

바다 울렁임, 일파만파, 그곳의 노을,

빠져 죽어버리고 싶은 충동이 황홀이다

아니다, 내 앞에

웃고 있는 네가 황홀, 황홀의 극치다

도대체 너는 어디서 온 거냐?

어떻게 온 거냐?

왜 온 거냐?

천 년 전 약속이나 이루려는 듯.

―〈황홀의 극치〉, 나태주, 2010

'황홀'과 '극치'란 말은 서로 만나기 어려운 말입니다. 특히 극치란 말은 '도달할 수 있는 최고의 정취나 경지'나 '극단', '끝'을 가리키는 말로서 일상어가 아닐뿐더러 내용 또한 구석진 단어입니다. 한때 '장락무극(長樂無極)'이란 말을 좋아했습니다. 이 말 또한 특별한 사자성어로 '긴 기쁨이 오래 끝까지 간다'는 뜻일 겁니다.

'황홀'이란 또 무슨 뜻입니까? '눈이 부시어 어릿어릿할 정도로 찬란하거나 화려함'을 가리킨다는 것이 사전적 설명인데 이 두 말을 조합했더니 그 두 말의 조합에서 무언가 폭발하는 듯한 느낌이 나옵니다.

그 느낌을 따라 무작정 떠오르는 풍경과 언어들을 써본 것이 이 시의 앞부분입니다. 말하자면 언어 뜻풀이나 설명 같은 것이 되겠습니다.

그렇게 3연까지 황홀과 그 극치, 그러니까 끝까지 닿은 황홀의 상태를 내 나름대로 표현해 보았습니다. 그러다가 4연에 와서 과감하게 반전을 시도합니다. 반전이란 반대로 돌아섬입니다. 일종의 부정이요 유턴인데 매우 급하면서도 빠른 유턴입니다. 지금까지는 자연이나 풍광을 통해 황홀과 극치를 말해보려고 했는데 그것이 잘 안 되니까 인간 쪽으로 돌아서는 것입니다.

정작 이 시의 핵심은 후반부에 있습니다. 급하게 치솟아 올라갔던 감흥이 빠르게 내려앉으면서 다스림으로 결론을 내립니다. '너'를 만난 것에 대한 감격을 '천 년 전 약속'으로 극대화시킵니다. 가슴에 먹먹한 느낌의 물결이 일어납니다. 사랑의 환희이기도 합니다. 시를 읽다 보면 시를 쓰던 때의 감격이 다시금 살아나는 듯해서 가슴이 뛰닙니다. 아, 나에게도 그런 시절이 있었던가!

시는 고요한 문장이지만 그 안에 충분한 일렁임을 간직하고 있습니다. 감정이 상승하고 고조되는 부분에서 따라서 출렁임을 느끼곤 합니다. 그런 의미에서 시는 죽어 있는 존재가 아니고 살아서 숨 쉬는 존재입니다. 생명체입니다. 비밀의 화원이고 하나의 왕국이거나 그 나라이거나 그런 아름다운 울타리를 지니고 있는 독립적인 세계입니다.

아끼지 마세요

좋은 것 아끼지 마세요
옷장 속에 들어 있는 새로운 옷 예쁜 옷
잔칫날 간다고 결혼식장 간다고
아끼지 마세요
그러다 그러다가 철지나면 헌옷 되지요

마음 또한 아끼지 마세요
마음속에 들어 있는 사랑스런 마음 그리운 마음
정말로 좋은 사람 생기면 준다고
아끼지 마세요

그러다 그러다가 마음의 물기 마르면 노인이 되지요

좋은 옷 있으면 생각날 때 입고

좋은 음식 있으면 먹고 싶은 때 먹고

좋은 음악 있으면 듣고 싶은 때 들으세요

더구나 좋은 사람 있으면

마음속에 숨겨두지 말고

마음껏 좋아하고 마음껏 그리워하세요

그리하여 때로는 얼굴 붉힐 일

눈물 글썽일 일 있다한들

그게 무슨 대수겠어요!

지금도 그대 앞에 꽃이 있고

좋은 사람이 있지 않나요

그 꽃을 마음껏 좋아하고

그 사람을 마음껏 그리워하세요.

—〈아끼지 마세요〉, 나태주, 2012

많은 설명이 필요치 않은 글입니다. 은영 씨도 그런 적이 있나요? 늘 장롱에 머플러며 새 옷가지 같은 것을 간직하기만 했지 쉽게 쓰지 못하는 우리 집사람에게 충고 겸해서 한 말들을 모아서 쓴 작품입니다.

나이 든 분들이 하는 말 가운데 사람에겐 몇 가지의 '금'이 중요한데 그것들은 '소금'과 '황금'과 '지금'이라고 합니다. 여기다 보태어 익살스러운 분들은 몇 가지의 금을 더 보냅니다. '현금'과 '입금'이 더 있다는 것이지요.

인생은 언제든 누구에게든지 '지금, 여기'가 제일입니다. 그 지금 여기를 최선을 다해 정성껏 살아가는 것이 인생의 한 미덕이며 성공으로 가는 지름길입니다. 세상 사람들이여. 내일 후회하기 전에 오늘을 열심히 삽시다.

나의 인생 좌우명에도 이런 것이 있습니다.

'날마다 이 세상 첫날처럼 하루를 맞이하고, 날마다 이 세상 마지막 날처럼 하루를 정리하면서 살자.'

부디 이런 말씀이 은영 씨에게도 도움이 되기를 바랍니다.

이 가을에

아직도 너를

사랑해서 슬프다.

—〈이 가을에〉, 나태주, 2012

겨우 한 문장의 작품입니다. 더러는 이런 글을 보고 시가 아니라는 말을 하는 사람도 있을 것입니다. 시에 대한 고정관념이나 선입견을 가진 탓입니다. 시는 어떤 경우에도 틀이 없고 자유로운 영혼을 표현한 글이어야 합니다.

우선 제목부터 살펴야 합니다. '이 가을에'입니다. 다른 계절이 아니고 가을이라는 것이고 다른 가을도 아닌 이 가을, 그러니까 올해 가을

갈매기의 꿈, 몽우 조셉킴, 155×185mm, 캔버스 유채, 2003

이란 말입니다. 급박성, 현실감을 느낍니다.

가을은 이별과 귀환의 계절. 그로 하여 약간의 슬픔이 따르고 아릿한 아픔이 생기고 회한도 있게 마련인 계절. 나무나 풀들은 겨울잠 잘 채비를 차리고 동물들도 겨울 모드로 삶을 변환시킵니다.

사랑도 쉬어야 하고 열정도 식어야 하며 쥐고 있던 보물도 버려야만 합니다. 환희 어린 만남도 끝내고 멀리 떠나야 합니다. 이별이 있어야 하겠지요. 헌데 이런 가을에 멈출 수 없는 생명이나 사랑은 안타깝습니다. 멈추어야 할 곳에서 멈추어지지 않는 사랑은 하나의 고통이요 슬픔이 됩니다.

곰곰이 생각해보곤 합니다. 부처님의 가르침인 '자비(慈悲)'란 말. 왜 사랑 자(慈)가 앞에 오고 슬퍼할 비(悲)가 뒤에 오는가? 사랑하면 슬퍼지는가, 아니면 슬퍼하면 사랑하는가를 생각하면 그 해답이 나올 것 같습니다.

적어도 슬퍼하게 되면 사랑하게 되는 것은 아닌 듯합니다. 반대로 사랑하면 슬퍼지기는 하는 것이 옳을 것 같습니다. 사랑의 진면목은 사랑하면서 슬퍼하는 마음에 있지 않나 싶습니다.

모든 것을 버리고 줄여야 할 '이 가을에' 차마 사랑하는 마음이 남아 있으니 슬플 수밖엔 없는 일이겠습니다. 이런 짧은 시 한 편을 통해서도 부처님의 마음과 잠시 만나는 기쁨이 내게 있습니다.

꽃그늘

아이한테 물었다

이담에 나 죽으면
찾아와 울어줄 거지?

대답 대신 아이는
눈물 고인 두 눈을 보여주었다.

—〈꽃그늘〉, 나태주, 2011

실은 이 작품은 그리스의 작가 니코스 카잔차키스(Nikos Kazantzakis, 1883~1957)의 〈편도나무〉란 글을 패러디해서 써본 글입니다.

어느 날 나는
편도나무에게 말하였네

간절히
온 마음과 기쁨
그리고 믿음으로

편도나무여
나에게 신의 이야기를
들려주렴

그러자 편도나무는 활짝
꽃을 피웠네.

—〈편도나무〉, 니코스 카잔차키스

그러나 전혀 소재나 경험이 없었던 것은 아닙니다. 한동안 내 곁에 있으면서 마치 예쁜 새처럼 지절거리고 고운 꽃처럼 피어 있던 처녀아이가 있었습니다. 그 아이에게 나는 자주 내 마음속의 느낌을 얘기하고 그 아이의 반응을 보곤 했습니다.

'이담에 나 죽으면/ 찾아와 울어줄 거지?' 차라리 이건 협박성 발언입니다. 그런 말에 어린 처녀아이가 무어라 대답할 수 있었을까요? 아마도 아무런 응답도 없었을 것입니다. 그런데 나는 내 맘대로 그 다음의 말을 만들어 넣었습니다.

'대답 대신 아이는/ 눈물 고인 두 눈을 보여주었다.' 시인은 때로 이렇게 거짓말쟁이고 억지를 부리는 사람이기도 한 것입니다.

묘비명

많이 보고 싶겠지만

조금만 참자.

—〈묘비명〉, 나태주, 2011

은영 씨. 은영 씨에겐 가장 중요한 문제가 무엇일까요? 아마 인간에게 가장 중요한 문제는 우선 먹고사는 문제이고 잘 사는 날들이고 행복한 삶, 명예로운 자리겠지만 궁극에 가서는 죽음, 내세, 구원 같은 것이 될 것입니다.

그 누구도 피할 수 없는 또 하나의 삶인 죽음. 죽음 앞에 인간은 누구나 초라해지고 나약해지고 평등하고 무력한 존재입니다. 다만 불안하고 겁먹은 어린 생명일 따름입니다.

웰빙이란 말 다음에 나온 말은 웰다잉이란 말입니다. 잘 살기도 해야지만 잘 죽자는 얘깁니다. 오히려 잘 죽는 문제가 더 중요한 문제란 것입니다.

한 번쯤은 죽음을 생각하면서 미리 유서 같은 것을 써보면 어떨까요? 오히려 그런 엉뚱한 시도가 삶을 진지하고 팽팽하게 만들고 끝내 살아가는 데에 도움이 될지도 모르는 일입니다.

나는 이다음에 나의 묘비명으로 후기의 대표작으로 사람들이 알아주는 〈풀꽃〉 시를 염두에 두고 있었습니다. 그런데 〈세상에서 가장 아름다운 이별〉이란 영화에서 여주인공 김인희(배종옥 분)의 수목장 묘비명으로 사용되어서 하는 수 없이 다시 묘비명을 써야만 했습니다.

그 시가 바로 〈묘비명〉입니다. 이 시도 매우 편안하고 쉬운 한 문장의 작품입니다. 아마도 이 묘비명의 주인은 살면서 '많이 보고 싶'은 것이 생애를 두고 가장 풀기 어려운 인생의 난제였던가 봅니다.

그래서 그도 무덤 속에서 자기를 찾아온 사람에게 묻습니다. '너, 나 보고 싶어서 왔지?' 그러면서 타이릅니다. 그렇지만 '조금만 참자'고. 그러면 어쩐다는 것입니까? 결국 너도 조금만 참고 기다리면 나처럼 무덤 속으로 들어오게 되고 그러면 죽음의 나라에서 나를 만날 수 있을 것이란 전언(傳言)입니다.

이 얼마나 소름 끼치는 한마디 말입니까? 짐짓 단순명쾌해 보이는 짧은 문장 속에 이런 무섭고도 무거운 뜻이 담겨 있습니다. 그러니 어쩌자는 겁니까? 시간을 아껴 잘 살자는 것입니다. 시는 비록 짧지만 이런 무거운 인생을 담아내기도 합니다.

나태주 선생님께 드리는 감사의 글

박영하(꿈교육연구소 소장)

나태주 선생님과 과연 언제부터 인연이 시작되었을까 곰곰이 생각하고 기억을 더듬어봅니다. 여러분은 '나태주 시인' 하면 가장 먼저 무엇이 떠오르나요?

아마 2012년 3월 '광화문 글판'에 걸려 선생님을 일약 스타(이런 표현이 실례인 줄은 알지만 사실인지라)로 만든 〈풀꽃〉이라는 3줄로 된, 짧은 시일 겁니다.

자세히 보아야 예쁘다
오래 보아야 사랑스럽다
너도 그렇다.

이 시는 아무리 읽고 또 읽어도 느낌이 참 좋습니다.

그리고 이 시를 읽으면 시 속의 낱말들이 살아서 꿈틀거리고 춤을 추는 것 같습니다. 그런데 사실 저는 〈풀꽃〉보다는 〈마당을 쓸었습니다〉라는 시로 나태주 선생님의 시를 처음 접했습니다. 2011년에 제가 속한 (사)행복한교육실천모임에서 만든 '콩나물'이라는 52장짜리 명상 카드 중 1장에 선생님의 시 〈마당을 쓸었습니다〉가 실려 있습니다.

마당을 쓸었습니다
지구 한 모퉁이가 깨끗해졌습니다

꽃 한 송이 피었습니다
지구 한 모퉁이가 아름다워졌습니다

마음 속에 시 하나 싹텄습니다
지구 한 모퉁이가 밝아졌습니다

나는 지금 그대를 사랑합니다
지구 한 모퉁이가 더욱 깨끗하고
아름다워졌습니다

저는 이 시를 접하고 가슴이 뭉클했습니다.

그동안 누군가의 위대한 업적만을 주로 찬양해온 저에게 이름 모를 한 사람의 작은 몸짓이 지닌 아름다움을 담담하게 표현한 선생님의 시 〈마당을 쓸었습니다〉는 참으로 큰 가르침으로 다가왔습니다. 제가 존경하는 품격문화원 안옥주 원장님께서 강조하시는 '한 모퉁이 정신'과 너무나도 통하는 시라서 더욱 좋습니다.

나태주 선생님과의 두 번째 만남은 2012년 3월 봄과 더불어 '광화문 글판'에 수줍게 모습을 내민 그 유명한 시, 바로 〈풀꽃〉 덕분에 이루어졌습니다. 당시 저는 서울 세검정에서 봉천동까지 출퇴근하며 거의 매일 광화문 네거리를 지나가야 했는데, 그곳을 지날 때마다 오늘은 또 어떤 시가 걸려 있나? 궁금해 하며 습관적으로 차창 밖으로 교보빌딩 글판에 걸린 시를 바라보곤 했습니다. 그러던 제게 봄 햇살처럼 스며든 〈풀꽃〉 시는 지루한 일상과 바쁨으로 지쳐가던 저에게 마치 오랜 친구처럼 여유와 위안을 선물해주었습니다.

다른 시도 물론 그렇지만 '광화문 글판'을 통해 선보인 〈풀꽃〉 시의 그 글씨체는 어쩜 그리도 예쁘고 화사하던지 지금도 볼 때마다 웃음이 절로 나고 입이 벌어집니다. 겨우 3줄.

그러나 크고 긴 여운을 주는 이 시의 반향은 엄청난 것이었습니다. ‘풀꽃’과 ‘광화문 글판’은 우리나라 시의 역사에서 일대 혁명이라 하겠습니다. 제가 감히 혁명이라고 하는 이유는 다음 3가지를 우리에게 깨닫게 해주었기 때문입니다.

하나, 시인과 착한 기업이 만나면 많은 사람들에게 감동을 선물해 줄 수 있다는 것.

둘, 사람들이 시와 친해지면 눈빛이 따뜻해지고 마음이 여유로워진다는 것.

셋, 예쁜 글씨체로 멋지게 쓴 시는 눈과 머리가 아닌 가슴과 영혼으로 읽는다는 것.

결국 나태주 시인의 〈풀꽃〉은 윤동주 시인의 〈서시〉 이후로 우리나라 사람들에게 가장 많이 애송되는 시가 되었습니다.

저는 교사가 된 후로 제 수업시간마다 아이들에게 아름다운 시 한 수와 노래 한 곡을 들려주려고 노력해왔습니다. 공자의 귀한 가르침인 ‘흥어시(興於詩, 시를 통해 일어나고), 성어악(成於樂, 음악을 통해 완성한다)’을 제 수업에서 실제로 행하고 싶어서였습니다. 이렇게 20여 년간 ‘시를 활용한 도덕수업’을 하다 보니 좋은 시를 많이 접하게 되고, 저 자신도 마음이 풍요로워짐을 느낍니다.

선생님의 시 〈풀꽃〉이 온 국민의 애송시로 발돋움하는 데는 KBS-2TV에서 방영된 드라마 '학교 2013'이라고 감히 말씀드리고 싶습니다. 저는 그날 우연히 이 드라마를 보게 되었는데, 마침 일약 스타로 인기를 모으던 이종석이 덤덤한 목소리로 〈풀꽃〉을 낭송하는 장면이 나오고 있었습니다. 순간 저는 가슴이 뭉클하면서 제 눈에는 왈칵 눈물이 고였습니다. 이때 제가 맛본 느낌은 1996년 수능감독을 할 때 언어영역 듣기평가 시험에 나온 정지용 시인의 〈향수〉를 이동원-박인수 듀엣의 노래로 들으며 느꼈던 감격 그 자체였습니다.

저는 저에게 좋은 느낌을 선물해준 노래나 시, 이야기, 그림, 동영상을 저의 제자들에게 수업시간에 곧바로 소개하는 것이 몸에 밴 사람이라 '학교 2013'의 〈풀꽃〉 시낭송 부분 방송 장면을 인터넷에서 다운받아 다음 수업 시간에 아이들에게 그대로 보여주었습니다. 그리고 이 시를 짝꿍과 서로 마주 보며 첫 줄과 두 번째 줄은 번갈아가며 서로 읽어주고 마지막 줄은 함께 서로를 가리키며 읽어주라고 했습니다. 시를 읽어주는 아이들 모습이 정말 예쁘고 사랑스럽기 그지없었습니다.

제가 보여준 동영상에 인기스타 이종석이 나온 덕분이기도 하지만 아이들이 이 〈풀꽃〉 시를 어찌나 좋아하던지 그다음 제 수업 시간에 칠판에 삐뚤빼뚤 글씨로 예쁘게 써놓기도 했지요.

이후 저는 이 〈풀꽃〉 시를 기회가 있을 때마다 여기저기 널리 소개하고 (사)행복한교육실천모임 카톡방에 제 수업장면 사진과 함께 자랑스럽게 소개했습니다.

이렇게 선생님의 〈풀꽃〉 시를 소개하는 횟수가 거듭될수록 언제부턴가 선생님을 직접 뵙고 싶은 마음이 가슴에 차오르기 시작했습니다. 저의 간절한 바람 때문이었는지 드디어 선생님을 뵈올 기회가 왔습니다.

방학 때마다 저희 모임이 열어온 직무연수 때 나태주 선생님을 모시고 선생님의 문학과 인생에 관한 이야기를 듣기로 하고 선생님께 설레는 마음으로 전화를 드렸습니다. 선생님은 두말 않고 승낙하셨습니다. 정말 기쁘고 감격스런 순간이었습니다. 이렇게 선생님과 통화할 수 있도록 주선해주신 고마운 분은 저보다 훨씬 전부터 나태주 선생님의 시를 제자들에게 소개하고 학교 건물 벽에 나태주 선생님의 시를 예쁜 현수막에 담아 소개해오신 임귀옥 선생님입니다. 임 선생님께 이 지면을 빌어 고마움을 전하고 싶습니다.

2014년 겨울 나태주 선생님을 모시고 60여 명의 교사들이 함께 연 초청강연은 감동, 깨달음, 즐거움이 가득한 성공적인 행사였습니다. 선생님의 깊은 울림이 있는 강연으로 연수에 함께한 선생님들은 정말 행복했습니다. 이 글을 쓰고 있는 지금도 그때의 감동과 강연 내용이 떠오릅니다. 특히, 선생님이 말씀하신 좋은 시의 3가지 조건이 제 가슴에 깊이 남았습니다.

좋은 시란?

길이는 짧아야 한다. 내용은 쉬워야 한다. 인생의 깊은 샘물에서 건져 올린 것이어야 한다.

괴테가 말하는 좋은 시의 조건도 기억에 남습니다.

어린이들에겐 노래가 되고, 청년에게는 철학이 되며, 노인에게는 인생이 되는 시.

아! 이 얼마나 명쾌하고 깊이 있는 가르침입니까? 나태주 선생님은 당신이 저희를 위해 준비해오신 시집에 일일이 풀꽃 그림과 글씨로 직접 기념 사인을 해주셨습니다. 나태주 선생님의 정성 가득한 저자 사인을 받으려고 줄을 서던 선생님들의 모습이 눈에 선합니다. 태어나서 많은 저자 사인을 받아봤지만 나태주 선생님의 그림과 글로 쓰신 사인은 정성과 사랑 그 자체였습니다. 선생님께 다시 한 번 고마움을 전하고 싶습니다. 고맙습니다.

그리고 2015년 새롭게 찾아온 봄날. 우리는 20여 명의 선생님들과 함께 나태주 선생님을 뵈러 공주풀꽃문학관으로 향했습니다. 노란색 25인승 미니버스 안에서 이야기꽃을 피우며 마치 소풍 떠나는 아이들처럼 우리는 마냥 즐거웠고, 나태주 선생님이 추천해주신 식당에서 맛있는 점심을 먹고 풀꽃문학관에서의 선생님의 정감 넘치는 강연, 그리고 잊을 수 없는 선생님의 능숙한 풍금 연주에 맞춰 다 함께 부르던 동요 '오빠생각'.

그날 아름다운 소풍에 동행한 선생님들의 눈에는 눈물이 흐르고 가슴이 벅차올라 한동안 먹먹한 순간이 이어졌습니다. 이날 소풍 온 선생님들 대부분이 평생 잊을 수 없는 추억 하나씩 가슴에 새기고 왔을 겁니다. 이후 저는 강의 기회가 있을 때마다 나태주 선생님과 선생님의 시를 여러 사람과 기관장님들께 소개하고 학교 선생님들께는 해당 학교로 강사로 모셔서 선생님의 문학세계와 인생, 교육을 주제로 교직원이나 학생 대상으로 특강을 마련해볼 것을 권했습니다. 이제 제가 부탁드리면 선생님은 학교는 물론 소년원이나 구치소에도 가셔서 시로 승화시킨 삶의 이야기를 전합니다. 참으로 다행스럽고 흐뭇합니다.

그렇게 2015년이 가고 어느덧 2016년 새 해 첫 날 저는 두 딸, 소영이와 주영이를 데리고 당진 아산을 거쳐 공주풀꽃문학관으로 차를 몰았습니다. 문득 나태주 선생님이 공주에 계실 것만 같아 댁으로 전화를 드렸더니 사모님께서 풀꽃문학관에 계신다고 하셔서 바로 풀꽃문학관으로 향했습니다. 그런데, 선생님께서는 그곳에서 임귀옥 선생님의 가족들과 한가로이 차를 마시며 즐겁게 담소를 나누고 계셨습니다. 임귀옥 선생님 가족과는 비록 우연이었지만 너무도 놀랍고 반가운 만남이었습니다.

세상에 이런 일이! 나태주 선생님은 제 딸들에게 당신의 시집을 듬뿍 선물로 주셨습니다. 말로만 듣고 책에서만 보던 시인으로부터 예쁜 풀꽃 그림과 시가 담긴 시집을 받은 두 딸은 너무나도 감격스럽고 뿌듯한 모습이었습니다. 태어나서 많은 선물을 받았겠지만 이 날 받은 시집은 두고두고 소중하게 음미하며 볼 수 있는 선생님의 시집이라 더욱 값진 것이 될 것입니다.

임귀옥 선생님 가족과의 반가운 만남에 이어 또 한 번 놀라운 만남이 이어졌습니다. 선생님의 풍금반주에 맞춰 두 가족이 함께 동요를 부르는데, 잠시 후 고교동창이자 친한 친구가 가족과 함께 풀꽃문학관을 방문한 겁니다. 또한 한 번 세상에 이런 일이! 친구와 저는 서로 포옹하고 반가움과 놀라움에 한 동안 말을 잃었습니다. 이 모든 것이 나태주 선생님 덕분이란 것을 알아차리자 저와 함께한 사람들 모두 선생님을 향해 감사인사를 연거푸 드렸습니다. 이 모든 것이 우연은 아닌 듯합니다.

나태주 선생님과 선생님의 시를 만난 다음부터 저는 초등학교 이후로 제게서 조금씩 멀어져간 동심을 회복하기 시작한 것 같습니다. 시를 가까이하고 시인들의 아름다운 시처럼 살고 싶은 마음도 점점 커져갑니다. 사람들에게 더욱 시가 가진 놀라운 힘을 역설하며 시를 가까이할 것을 적극적으로 권하고 있습니다. 농담 반 진담 반으로 저는 "하루라도 시를 읽지 않으면 가슴에 찬바람이 분다"고 혼자서 중얼거리기도 합니다.

지금까지 그래왔듯이 나태주 선생님과 저는 한편으로는 스승과 제자로서, 또 한편으로는 사람들에게 꿈과 사랑을 주고 행복감을 안겨주는 동료이자 동반으로서 오래도록 소중한 인연을 이어가기를 바랍니다. 그러기 위해서는 선생님께서 부디 건강하시고 장수하셔야합니다.

선생님의 두 바퀴인 하늘색 자전거를 앞으로도 오래오래 즐겨 타셔야지요.

끝으로, 선생님께서는 60세 이후 큰 수술을 받고 나서부터 남은 인생은 덤으로 하나님께 감사하며 살고 계신다고 하셨는데 저도 선생님처럼 감사하며 하루하루 충만하게 사는 삶을 살아가도록 노력하겠습니다. 선생님, 다시 한 번 선생님의 건강과 행복을 기원합니다!

2016년 1월 27일

꿈꾸는 시인 나태주 선생님을 존경하는

꿈샘 박영하 Dream

맺는 글

고마운
일입니다

우리가 한때나마 생명의 별 지구의 북반구 코리아
한국말을 이야기하고 세종대왕 만드신 한글로
글을 쓸 수 있는 사람으로 태어난 것을
고마워합니다

한 시절 우리가 누군가의 사랑하는 아들딸이었음이
더없이 고마운 일이고
자라면서 누군가의 둘도 없는 벗이요 나아가
누군가를 마음 깊이 사랑한 사람인 것을
눈물겹도록 고마워합니다

뿐인가요, 직장생활하면서 만난 사람들,
여행길에서 만나 인사 없이 헤어진 선한 눈빛의
낯선 사람들 하나하나까지 잊을 수 없는 사람들이고
끝내는 누군가와 가정을 이루어 아내와 남편으로
살아온 날들이 그럴 수 없는 축복입니다

힘겹게 자식 낳아 기르고 가르치고
나중에는 어른으로 내세워 혼사를 이루어
세상에 아름다운 가정을 보태게 함이
더더욱 보람찬 일이었고 고마운 일입니다

그러나 그뿐, 끝내 내 몫은 없었나요?
오직 내 것, 그 누구도 가져갈 수 없는 오직 나만의 것
가슴 속에 숨어 있는 응어리 말입니다
그것은 그 무엇과도 바꿀 수 없는 사랑이요
끝내 숨길 수 없는 그리움

그것을 말씀으로 바꿀 때 한 편의 시가 됨을
우리는 모르지 않습니다
날마다, 날마다 지상에 유언을 남기듯
나만의 말을 쏟아놓아야 할 일입니다

나만의 비밀한 하소연, 나만의 연서

그것이 바로 우리가 꿈꾸는 시입니다
나도 실은 9년 전 죽어야만 할 때
순간 순간 끝내 죽을 수 없었던 것은
지상 위에 오직 아름다운 시 한 편
보태기 위함이었습니다

우리들 한 편의 시가 우리가 사는
또 다른 목숨입니다
한 편의 시가 죽어가는 사람을
살리는 좋은 약이 됩니다
시와 시 안에서 만나 우리는 하나가 됩니다

드디어 한 편의 시를 쓰셨나요!
드디어 당신은 또 다른 당신을 세상에 남긴 것이고
당신만의 꽃을 피운 것입니다
그보다 더 위대한 일은 없고 감격은 없습니다
한 편의 시로서 승리한 당신의 인생을 축하합니다.

영혼 그 자체의 그림

몽우 조셉 킴의 그림 앞에

나태주

나는 그림을 잘 모르는 사람이지만 어려서부터 그림을 좋아하는 사람입니다. 그러므로 나의 그림 감상은 어디까지나 느낌으로서의 그림 감상에 지나지 않습니다. 처음 나는 몽우 조셉킴이란 화가에 대해서 전혀 아는 바가 없었습니다. 리오북스의 정현미 사장과 함께 《죽기 전에 시 한 편 쓰고 싶다》를 내면서 화가의 그림을 처음 대했습니다.

그림의 첫인상이 매우 독특했습니다. 뭉뚝하다면 뭉뚝하고 우뚝하다면 우뚝하고 엉뚱하다면 엉뚱한 그림이었습니다. 하늘에서 뚝 떨어진 그림 같았고 땅위에서 불쑥 솟아오른 그림 같았습니다. 소낙비 맞고 힘차게 솟아오르는 오뉴월의 한 개 죽순을 대하는 듯 했습니다. 분명 처음 보는 그림인데 소록소록 친숙한 느낌이 이는 것이 신기했습니다.

방법이나 재료는 분명 서양 것인데 내용 면에서는 동양 것들이 많이 들어 있는 듯싶기도 하고 다량의 꿈이 일렁이고 있었습니다. 그러나 그것은 우리가 한때 좋아했던 마르크 샤갈의 그것과도 다른 꿈이었습니다. 여기서 우리는 굳이 '시중유화'나 '화중유시' 같은 유식한 얘기를 꺼낼 것까지도 없겠습니다. 그냥 그의 그림은 그림이면서 시였고 꿈이었고 인생 그 자체였습니다.

아닙니다. 그의 그림은 그냥 느낌 자체였고 영혼 그 자체였습니다. 영혼이라 해도 순수 영혼, 황금의 영혼입니다. 구차한 설명 같은 것은 애당초 필요하지 않습니다. 그냥 찌르르 전달이 될 뿐입니다. 그 쪽의 것이 이쪽의 것이 될 뿐입니다. 그러기에 그것은 더욱 오리엔탈에 가깝습니다.

이런 점에서 우리 시인들은 그림에서 보다 많은 것들을 배워야 합니다. 정작 몽우 화백의 그림들은 시보다 시답고 음악보다 음악답고 인생보다 인생답습니다. 아, 도대체 이런 그림이 어디서 왔단 말인가! 분명코 몽우 화백의 그림은 천국의 모습을 우리에게 번역해서 보여주는 것일 것입니다.

몽우 조셉킴, 그는 자신도 모르는 천상의 비밀을 아는 사람이고 그것을 그림이란 형식으로 실어나르는 사람입니다. 그래서 그는 이 세상을 보다 밝게 아름답게 신비하게 만들고 영혼의 꽃밭을 만드는 사람이 분명합니다.

이 봄에 우리가 몽우 화백의 그림을 만난 것은 그 무엇에 비길 수 없는 기쁨이며 기적과 같은 일입니다. 그림 앞에서 우리는 충분히 행복하고 가득하고 만족을 두 배로 가집니다. 살아있음에 감사, 느낌에 감사, 그림에 감사하는 마음이 거기에 있습니다.

죽기 전에 시 한 편 쓰고 싶다

펴낸날 초판 1쇄 2016년 3월 29일
초판 6쇄 2018년 7월 1일

지은이 나태주
펴낸이 정현미
펴낸곳 리오북스
출판등록 2015년 10월 6일 제406-251002015000190호
경기 파주시 목동동 산내마을 8단지 808-1102호
전화 031)901-6037 팩스 031)946-9601
http://m.post.naver.com/8_day
8_day@naver.com

ISBN 979-11-957295-6-2 03810

• 값은 뒤표지에 있습니다.
• 잘못 만들어진 책은 구입하신 서점에서 바꾸어 드립니다.

이 도서의 국립중앙도서관 출판시도서목록(CIP)은 서지정보유통지원시스템 홈페이지(http://seoji.nl.go.kr)와 국가자료공동목록시스템(http://www.nl.go.kr/kolisnet)에서 이용하실 수 있습니다. (CIP제어번호: CIP2016006946)

책임편집 서지영